COMO ESCREVER HUMOR

PARTE II

COMO ESCREVER HUMOR

PARTE II

Mel Helitzer
e Mark Shatz

Tradução de
Ricky Goodwin

GRYPHUS

Edição
Kelly Nickell

Ilustrações
Grace Ring

Revisão
Vera Villar

Editoração Eletrônica
Rejane Megale

Capa
Axel Sande (www.gabinetedeartes.com.br)

Adequado ao novo acordo ortográfico da língua portuguesa

CIP-BRASIL. CATALOGAÇÃO-NA-FONTE
SINDICATO NACIONAL DOS EDITORES DE LIVROS, RJ

H417C

Mel Helitzer
Como escrever humor : parte II / Mel Helitzer , Mark Shatz ; ilustração Grace Ring ; tradução Ricky Goodwim. - 1. ed. - Rio de Janeiro : Gryphus, 2016.
128 p. : il. ; 23 cm. (Como escrever humor ; 2)

Tradução de: Comedy writing secrets
Sequência de: como escrever humor parte I
ISBN 978-85-8311-062-0

1. Humorismo americano. I. Shatz, Mark. II. Ring, Grace. III. Goodwim, Ricky. III. Título. IV. Série.

16-31371 CDD: 817
CDU: 821.111(73)-7

A MAGNUS HOPUS

Para Linea Warmke
e para Ethan, o comediante
preferido de seus pais.

SUMÁRIO

PARTE TRÊS

A redação de humor para mercados específicos

CAPÍTULO 12
Sssom! Sssoom! Testando: um, dois, três: redigindo discursos com humor

> Quando se consegue fazer as pessoas rirem, estarão ouvindo e pode-se vender qualquer coisa para eles.
>
> **– Herbert Gardner**

Para a maioria dos jovens, a primeira chance de uma apresentação humorística aparece quando são chamados para fazer um discurso. David Brinckley, apresentador de telejornais, comentou certa vez que chegamos ao ponto em que há mais pessoas dispostas a fazerem discursos do que pessoas dispostas a ouvirem discursos.

> Uma pesquisa recente concluiu que o maior temor de uma pessoa comum é ter que falar em público. De alguma forma, este temor era ainda maior do que o medo da morte, que figurava em terceiro lugar na lista. Isto quer dizer então que, num enterro, mais gente prefere ser a pessoa no caixão do que a pessoa que terá que se levantar para fazer um discurso.
>
> **– Jerry Seinfeld**

Mas o fato é que o ato de discursar continua sendo mais popular do que nunca. Nesta sociedade eletrônica, na qual tanta informação vem até nós via internet, televisão, *laptops*, rádio, *e-mail* e celulares, ainda existe uma necessidade de sairmos de trás de nossas mesas e nos comunicarmos pessoalmente com grupos de pessoas.

Inventamos as ocasiões para isso. Cresce a quantidade de clubes, associações e organizações religiosas, políticas e sociais, todas precisando de discursos que entretenham as pessoas. Os planejadores desses eventos, ao elaborarem a programação, continuam pensando primeiro em quem irá discursar ou dar as palestras.

Estou muito mais à vontade falando aqui do que no meu último encontro. Lá eles tinham uma placa assim: "Não bata fotos dos palestrantes enquanto estiverem falando. Bata antes que consigam subir ao palco".

De acordo com o velho ditado, todos somos ignorantes... só que cada um em assuntos diferentes. Donde se conclui que cada um de nós pode ser um *expert* em alguma coisa – ou pelo menos saber mais a respeito do que as outras pessoas presentes – qualificando-se assim para falar a respeito. Mas isso é só parte da história. Os discursantes são escolhidos também pela sua capacidade de *dizer* as coisas. Isso não mudou nos últimos 150 anos, quando, ao final do século XIX, John Morley, político inglês, escreveu: "Três coisas são importantes num discurso. Quem fala, como fala e o que fala. Das três, a última é a que menos importa".

Os discursos fornecem uma boa oportunidade para testar material humorístico, e às vezes redatores de humor aceitam convites para palestras só para testar reações do público. Se George Carlin não tivesse mergulhado na comédia *stand-up*, poderia ter criado fama como um grande redator de discursos. Após a morte de sua esposa, escreveu uma homília de 1.500 palavras sobre a necessidade de as pessoas valorizarem os momentos que passam juntas. Nesse ensaio, fez uso de várias técnicas e fórmulas eficazes, tanto em discursos sérios quanto em humorísticos, tais como emparelhamentos, triplos e associações (técnicas analisadas no primeiro volume deste livro). Eis um trecho.

Aprendemos como sobreviver, mas não como viver. Esses são os dias de viagens curtas, fraldas descartáveis, moralidade descartável, relacionamentos que duram uma noite, pessoas com excesso de peso e pílulas que fazem de tudo. É um tempo em que há muito na vitrine e nada no estoque. Lembrem-se, passem um tempo com seus amados, porque não estarão por aqui para sempre. Dedique tempo para amar, dedique tempo para conversar e dedique tempo para compartilhar o momento precioso. A vida não é medida pelo fôlego que temos para as coisas, mas por aqueles momentos em que perdemos até o fôlego.

Quer esteja escrevendo um discurso para si mesmo ou para um cliente, existem cinco blocos onde o humor pode ser importante.

1. Título do discurso
2. Apresentação do palestrante
3. Comentários iniciais
4. Corpo do discurso
5. Comentários finais

O TÍTULO: CHAMANDO A ATENÇÃO

O título de um discurso tem uma importância muito maior do que a maioria dos redatores lhe atribuem. O título deve não só indicar qual é o assunto como também chamar atenção ao ser relacionado na programação ou nos *releases*; às vezes o próprio título pode atrair a cobertura da imprensa. Depois, ao ser anunciado durante o evento pelo mediador, o título estabelece o clima para a plateia. O público sempre tem esperanças de que o próximo discurso será melhor do que o anterior. É por isso que mestres de cerimônia experientes sempre agradecem ao orador prévio e em seguida acrescentam: "E agora, temos uma atração especial para vocês. Nosso próximo orador..." (Afinal, ninguém quer que ele diga: "Bem, pessoal, já ouviram o que interessa, agora vamos para o resto".)

Na última vez em que me convidaram para uma palestra, pediram que eu discorresse a respeito dos problemas sérios que resultam das práticas sexuais entre professores e alunos. Como minha esposa não gosta desse assunto, disse a ela que iria falar sobre os problemas causados pelo excesso de viagens aéreas. Bem, meu discurso sobre sexo foi bem recebido. E, no dia seguinte, a esposa de uma pessoa que estava presente à palestra encontrou-se com minha esposa no supermercado e disse:

– Ouvi dizer que o Bill deu uma palestra muito interessante ontem. Ele deve entender muito do assunto, né?

E minha esposa respondeu:

– Que nada. Só experimentou duas vezes. Na primeira, teve que beber muito para perder o medo. E na segunda vomitou o tempo todo.

Mesmo se o discurso ou palestra for sobre um assunto sério - política, economia, negócios ou educação - um toque humorístico no título aumentará o interesse e o público. Por exemplo, não há nada mais árido do que palestras sobre técnicas de venda, mas gerentes de vendas astutos sabem como passar a impressão de que não são tão maçantes recorrendo a títulos como:

Yogi Berra tinha razão: "só acaba quando termina."*
Como disse Graham Bell: "Já acabaram meus três minutos?"
Uns são tratores, outros empilhadeiras.
O que nunca ousaram contar sobre.

É HORA DO ESPETÁCULO

Faça uma lista de temas sobre os quais você se considera qualificado para desenvolver. Para cada tema escreva de três a cinco títulos que tenham um toque humorístico. Lembre-se: o título, além de ser engraçado, deve identificar o conteúdo da palestra ou discurso.

APRESENTANDO O ORADOR: E AGORA, COM VOCÊS...

Se feita corretamente, uma apresentação humorística pode humanizar o orador e deixar a plateia mais à vontade. Não permita que algum mediador ou mestre de cerimônias lhe passe uma bola murcha para seu discurso já começar capenga. (Alguém vai se lembrar dos fatos de uma biografia detalhada tirada diretamente de um currículo?)

Para conferir uma verdadeira personalidade e uma alma viva a uma apresentação, redija-a você mesmo. Com antecedência de dias, pergunte ao mestre de cerimônias se ele já tem pronto um texto que lhe apresente ao público. Mesmo que ele tenha, faça-o perceber que o seu texto contém toques humorísticos que podem tornar a apresentação mais divertida. Os mestres de cerimônia sempre reagem de

* N.T.: No Brasil a frase foi proferida por Chacrinha.

maneira positiva a esse tipo de sugestão, já que gostariam também de terem falas engraçadas. Não seja tímido. Você e o MC serão os únicos a saberem quem escreveu seu texto de apresentação.

Nada o transforma mais num ouvinte perfeito do que saber que será o próximo a ter a palavra.

É HORA DO ESPETÁCULO

Escreva uma apresentação de um parágrafo que resuma a sua experiência profissional. A apresentação deve ter relação com o título de sua palestra, preparar a plateia para o conteúdo de seu discurso e explicar porque você está qualificado para discorrer sobre esse tema. O humor deve estar presente no texto mas não às custas de minimizar suas qualificações. Dê uma olhada na forma como Mark Twain escolheu para apresentar a si mesmo antes de falar em público.

Senhoras e senhores: a próxima palestra neste ciclo será proferida esta noite por Samuel L. Clemens, um cavalheiro cujo caráter impoluto e sua integridade irretocável somente são igualados pela beleza do seu semblante e suas maneiras graciosas.

E eu sou este homem!

Fui obrigado a dispensar a pessoa que me apresentaria, pois ele nunca elogia ninguém, e eu sabia que poderia fazê-lo tão bem quanto ele.

COMENTÁRIOS INICIAIS: UM BOM COMEÇO JÁ COMEÇA BEM

Depois de uma apresentação enaltecedora, você pode ficar sob os holofotes e encantar o público com introduções como este emparelhamento:

Pena que meus pais não estejam aqui. Meu pai ficaria orgulhoso e minha mãe acreditaria em todas as minhas palavras.

Um pouco de humor autodepreciativo sempre ajuda.

Fiquei lisonjeado pela maneira como fui apresentado por meu nobre colega. A coisa mais difícil para um orador é lembrar-se de não balançar a cabeça concordando com os elogios feitos pelo apresentador.

Embora se queira demonstrar um pouco de humildade, é importante não passar do ponto. A plateia desconfia de uma pessoa muito certinha. Golda Meir, ex-primeira ministra de Israel, certa vez disse para um colega, depois de este ser apresentado ao público: "Não seja tão humilde. Você não é tão genial".

Mesmo para um profissional consagrado, certo grau de ansiedade é normal (e mesmo desejável). A ansiedade bomba adrenalina para o sistema e atiça os artistas - incluindo os oradores - a darem o melhor de si. Umas poucas frases humorísticas podem dissipar o ceticismo da plateia e deixar que seus integrantes fiquem mais receptivos à sua fala.

Devo admitir que me sinto mais confortável atrás de uma mesa de trabalho do que diante de uma plateia. Permita que eu lhes dê um exemplo. Ao entrar hoje neste local, decidi passar pelo banheiro para lavar as mãos. Ouvi uma voz atrás de mim, perguntando:

– Sr. Wells? O senhor sempre fica nervoso antes de falar em público?

– Ora, eu não – disse – de maneira alguma. Por que pergunta isso?

E a voz disse:

– Estava apenas imaginando por que o senhor estaria no banheiro feminino!

Eis uma frase tão batida pelo excesso de uso como abertura de monólogos que se tornou um clichê, e até mesmo o título de um musical da Broadway: *A Funny Thing Happened on the Way to the Forum* (aconteceu uma coisa engraçada quando eu estava indo para o fórum). Seria fácil recomendar que nunca mais seja usada, mas - como com tantas outras regras - existem exceções.

Tive um dia horrível. De manhã cedo, o botão da minha camisa caiu. Quando eu vinha para cá, a alça da minha pasta caiu. Sabe, estou com medo de ir ao mictório!

– Larry Wilde

Um orador nunca deve usar mais do que três peças de material humorístico durante seus comentários iniciais. (Lembre-se das regras de três citadas no capítulo nove do primeiro volume. Nunca use mais do que três piadas sobre o mesmo assunto num monólogo; três minutos é a duração ideal de um esquete; não aborde mais de três temas num artigo. Estas regras de três aplicam-se também a outras atividades e em outras situações.) E um orador nunca deve tentar agir como um comediante profissional ou se vangloriar como David Letterman, que consegue se sair bem nisso porque faz parte de seu personagem.

A seguinte introdução coloca um leve sorriso nos lábios e um peso enorme no estômago.

Posso lhes garantir uma coisa. Não sairão de minha palestra mais sábios, mas certamente sairão mais velhos.

CONTEÚDO: TODOS TÊM DIREITO À MINHA OPINIÃO

Geralmente, quanto mais fácil algo é de se ler, mais difícil foi de se escrever. Falar em público é como escrever. Mas flui mais facilmente se tiver algo a dizer; então é importante que nunca se esqueça o motivo de estar fazendo o discurso ou palestra.

Falar em público é a arte de diluir uma ideia de dois minutos em um vocabulário de duas horas.

– Evan Esar

Não sacrifique a mensagem em prol do humor. Autores de discursos que passam o tempo todo redigindo palavras engraçadas fariam melhor se inserissem algumas ideias importantes. A graça é o sal da conversa, não a carne.

A receita para ser um orador de sucesso nos jantares não é usar condimentos, é ser comedido.

Um bom orador é aquele que levanta a plateia mas senta-se em seguida.

Um discurso, incluindo o material de apresentação, não deve durar mais do que vinte minutos. O índice normal da fala é o de duas palavras e meia por segundo, e consequentemente um discurso deve ter no máximo 3.000 palavras. Este era o espaço de tempo preferido de Ronald Reagan, e seu lema era o de que um discurso imortal não precisava ser eterno.

> Se não consegue descrever sua mensagem em uma frase, não conseguirá dizê-lo em uma hora.
>
> **– Diana Booher**

As frases nos discursos devem ser mais curtas do que as frases destinadas à leitura, porque os membros da plateia não terão chance de reler algo que não tenham compreendido. A melhor extensão para uma frase num discurso é de aproximadamente 14 palavras. Este é um bom guia para se ter em mente, mas, é claro, você deve também variar o tamanho de suas frases a fim de evitar a monotonia.

Tornando um discurso engraçado

Para um discurso ou uma palestra humorística ser bem-sucedida ao passar a sua mensagem de maneira marcante, são necessários todos os três ingredientes seguintes:

1. Deve ser engraçado.
2. Deve ser algo confortável para o orador.
3. Deve ser algo confortável para a plateia.

Conforme vimos na teoria do MAP, no primeiro volume, todos os três itens são de igual importância, e cada um depende dos outros para o funcionamento do discurso. Afinal, se o orador não se sente à vontade, a plateia não se sentirá à vontade e o material sairá duro e desajeitado.

> Durante uma campanha eleitoral nos rincões do Kentucky, um deputado estadual populista concorria contra o reitor de uma pequena faculdade. Ele começava seus discursos com: "Agora, vocês todos me conhecem. Mas o que sabem a respeito do meu concorrente? Sabem que sua faculdade é um antro de iniquida-

des? Ora, na sua faculdade, alunos do sexo masculino e do sexo feminino fazem as mesmas matérias. E não é só isso: às vezes, secretamente, mostram suas teses uns para os outros. E, como se não bastasse, ele até deixa esses jovens se matricularem juntos".

A graça tem a sua graça

O humor deve ser engraçado, e não só engraçado no papel, mas *oralmente.* Algumas piadas demandam uma construção elaborada (deixe essas fora), algumas requerem um dialeto (essas também estão fora), e alguns chavões reformulados (trocadilhos) contém homônimos que funcionam apenas no papel (também estão fora). Os trocadilhos abaixo seriam praticamente impossíveis de funcionar ao serem falados:

Acontece que este cavalheiro é um grande cavaleiro.

Me formei na minha escola graças às minhas ex-colas.

Quando menino, brincava de pião. Hoje, com suas fazendas, ele brinca de peão.

Anedotas e piadas não devem ser lidas, mas contadas com os olhos voltados para a plateia. Se tem algo que o orador precisa decorar é o humor. Deve ser dito com total confiança, e conhecê-lo de cor encorajará uma apresentação mais precisa.

Personalize e localize as suas piadas sempre que possível, mesmo que muitos da plateia percebam como isto foi fabricado. O humor, como observamos no primeiro volume, permite que a plateia deixe a descrença de lado. Ninguém se levantará para contestar o que você diz. Use palavras como "eu" e "semana passada" e mencione nomes e lugares locais.

O ex-presidente Ronald Reagan geralmente começava cada discurso - especialmente os menos formais - com um humor autodepreciativo. Por exemplo, quando centenas de professores e diretores de escolas se reuniram no gramado sul da Casa Branca para uma cerimônia laudatória, o redator de humor presidencial lhe forneceu uma charmosa introdução típica do seu estilo:

Sabem, tem muito tempo que não vou à escola, mas ainda fico nervoso na presença de tantos diretores.

Essa abertura é um exemplo perfeito do uso de uma piada certa para o público certo. Esta regra não deve ser uma lei – deve ser um mandamento. É o ápice do triângulo do MAP (material, apresentador, público). Reagan jamais usaria a frase abaixo num discurso no Congresso, mas sempre acertava em cheio quando a colocava em discursos para os eleitores.

Dizem que a política é a segunda profissão mais antiga do mundo. Comecei a perceber que tem uma grande semelhança com a mais antiga.

Erguendo a voz na última ou nas últimas palavras de uma piada, o orador pode dar robustez a um desfecho. São as últimas palavrinhas que dão vida a uma piada.

Pensei que eu bebesse bem, mas não sou nada comparado ao Mike. Ele não bebe quando está dirigindo, não por ser perigoso, mas porque pode entornar a bebida.

Antes do almoço ele chegou pro *bartender* e pediu:

– Um martini, muito seco. Ou melhor, desidratado.

O *bartender* perguntou:

– Coloco dois pinguinhos de limão?

E Mike disse:

– Olha, se eu quisesse limonada, eu pedia limonada.

Nunca se desculpe. Dizer "Isso aqui é uma coisinha que acabei de escrever" ou "Pode ser que isso não seja muito engraçado, mas..." cria uma expectativa de que o humor seja fraco. Também não dê explicações. "É que o sujeito era ateu, então..." Se tiver que explicar uma piada, não a use. E evite palavras que são difíceis de pronunciar ou que não soem bem em voz alta. As palavras *consternado, furibundo,* as sibilantes *apreciações, salsicha,* e a tropeçante *otorrinolaringologista* funcionam melhor lidas do que faladas e devem ser deletadas de seu discurso.

Não hesite em dar o crédito a outros humoristas ao usar seu material. Não só é uma cortesia como demonstra que você é uma pessoa que lê muito e que não tem medo de se associar a pessoas brilhantes. E não tenha medo de usar uma história que já tenha usado. Nunca se consegue satisfazer a totalidade de um público, mesmo com o material mais genial; portanto, se tiver algo de sucesso garantido, que algumas poucas pessoas da plateia não tenham ouvido, não se acanhe em reutilizá-lo. O humorista Robert Orben declara que a única piada velha que conhece é aquela que foi dita pelo orador antes dele.

Um dia fui assistir ao julgamento de um sujeito acusado de roubar um depósito, mas que foi pego pela polícia quando seu carro de fuga morreu. Estava sentado ao lado de uma velhinha que chorava e repetia:

– Eles nunca ouvem conselhos. Nunca ouvem conselhos.

Como também tenho filhos, tentei consolá-la. Virou-se para mim e disse:

– Ah, se tivesse ouvido a sua mãezinha. Como implorei! Como pedi a ele! "Manda revisar o carro, troca essas velas."

AS MELHORES RESPOSTAS PARA AS MELHORES PERGUNTAS

COMO CRIAR UM HUMOR LOCALIZADO?

A localização – customizar o seu material para públicos específicos – é uma prática comum e importante para os profissionais que saem em turnê ou fazem discursos frequentes em cerimônias. A plateia quer saber que você se interessa por eles a ponto de criar um material personalizado. Bob Hope era famoso pelo material que se identificava com o público. Antes de se apresentar em determinada cidade, mandava para lá um redator, alguns dias antes, para que este levantasse material a respeito de personalidades, lugares locais e atividades controversas que ele poderia transformar em frases de abertura.

Este é um exemplo de como se pode customizar o seu material com o nome de um hotel da cidade:

Um sujeito que se hospedou no [nome de um hotel chique daquele local] ligou para o serviço de quarto:

– Quero três ovos fritos queimados, duros que nem uma pedra, pão tostado, que esfarela só de encostar nele e um café que tem gosto de lama.

– Desculpe, senhor, mas não servimos essas coisas.

– Como não? Foi o que me serviram ontem!

Esta técnica pode ser aplicada a vários outros nomes locais.

O passageiro chegou ao [nome do aeroporto local] e foi direto ao guichê da [nome de empresa aérea existente naquela cidade]:

– Despache esta mala para Nova Iorque. Esta segunda mala para o Kansas, e a terceira mala no seu voo internacional para a Índia.

– Não temos como fazer isso.

– Bem, foi o que fizeram da última vez que embarquei aqui!

É uma boa ideia manter um fichário de piadas com possibilidades em aberto que possam ser completadas inserindo o nome de alvos locais.

Adeque o humor ao apresentador

As piadas devem ser algo confortável para o apresentador (que pode ser você mesmo, ou um redator contratado). Eis alguns mandamentos para garantir que haverá um material sob medida para o apresentador.

Você deve acreditar na importância do material, pois, caso contrário, a plateia perceberá que está se lixando. Se você não liga para o que diz, por que a plateia deveria se importar? Vá devagar, mas não devagar demais, e faça pausas para que a sua fala soe menos ensaiada.

Use um humor autodepreciativo. A plateia aprecia o fato de o apresentador – independente de cargo, idade ou reputação – se mostrar como um ser humano. Quando as pessoas comentam que alguém tem um bom senso de humor, querem dizer que podem se relacionar com aquela pessoa.

Além de frases engraçadas, conte também anedotas. Isso é importante, pois, diferente de frases engraçadas, as anedotas fazem com que o material pareça ser personalizado.

Nunca use *softwares* de multimídia, como o *PowerPoint*, para apresentações humorísticas. Se estiver fazendo uma apresentação multimídia, certifique-se de que a piada não está naquilo que está sendo exibido na tela mas no que você diz ao vivo, de forma que pareça que a piada é espontânea e não algo programado.

É HORA DO ESPETÁCULO

A essa altura você deve estar cansado de ouvir falar da importância de ajustar o material ao público específico. Provavelmente acha que já domina esse tópico. Muito bem, então responda a esse teste: qual seria o público mais receptivo à seguinte piada:

Um advogado morreu e foi pro Céu:

– Deve haver algum engano – o advogado argumentou. – Sou novo demais para morrer. Tenho só 55 anos.

– Não – diz São Pedro, – pelos nossos cálculos você tem 82 anos.

– Impossível – retruca o advogado. – Como calcularam isso?

– Tá tudo aqui nessa planilha – responde São Pedro. – Somamos todas as horas de trabalho que você cobrou de seus clientes.

Daremos quatro opções de público para você escolher: (a) consumidores; (b) advogados, (c) diretores de empresas ou (d) líderes religiosos. Qual é a sua escolha?

Os advogados se irritarão por estarem sendo ridicularizados, os consumidores geralmente recorrem a órgãos de defesa ou defensores públicos, e os líderes religiosos estão cansados de ouvir piadas com São Pedro. A resposta correta fica com os diretores de empresas, que estão sempre desconfiando de superfaturamentos e precisam lidar com advogados caros, fazendo com que sejam o público mais adequado para esse material hostil.

Deixe o público confortável

O discurso e o humor contido nele devem deixar o público à vontade. Segundo o colunista Ed Hercer, as plateias querem que cada orador seja bem-sucedido. Investiram dinheiro e tempo para ouvi-lo e querem ser recompensados. Se o orador demonstrar seu entusiasmo, irão apoiá-lo. Mas eis alguns avisos.

E. B. White escreveu "Nada se torna engraçado por ter um rótulo de engraçado". Portanto, não antecipe uma piada ou o receba com fanfarras preliminares como "Ei, vou contar uma coisa engraçada". O público estará pensando "Conta logo a piada. A gente decide se é engraçada".

Quando se contam piadas, os chatos sentem-se encorajados a participar. Por exemplo, uma expressão como "então, para encurtar a história" pode ser respondida por um chato inoportuno com "Tarde demais!". E nunca diga "Acabei de pensar nisso" porque algum perturbador gritará "Pensou errado".

Dificuldades técnicas são uma ameaça constante, então deve-se estar preparado para tudo que possa dar errado. E os perturbadores também podem se aproveitar dessas situações. Quando o microfone dá uma pane e o orador grita "Estão me ouvindo lá atrás?", se alguém diz "Não!", o chato poderá levantar e gritar "Então troca de lugar comigo, porque daqui estou ouvindo ele".

Se uma palestra for aberta para perguntas do público, não responda às perguntas provocativas dos provocadores. Para começar, estará dando a eles a atenção que querem. Mais importante: se responder a uma, descobrirá que há mais 50 perguntas, cada uma com uma boa tirada. Os provocadores sempre estarão em maior número do que você.

De acordo com o escritor Fred Ebel, é difícil sair-se bem com piadas na frente de uma plateia pequena - de dez a vinte pessoas - porque cada indivíduo, temendo ser conspícuo, segura o riso. O orador deve encontrar aquela pessoa que tem uma gargalhada ressonante, olhar bem para ela, e até mesmo dar uma piscadela em sua direção de vez em quando. Seu riso pode catalisar as gargalhadas dos demais. Além disso, o orador deve-se enturmar o máximo possível com os membros superiores do grupo. As pessoas seguem o líder. Quando o chefe está rindo para valer, os outros têm permissão para achar graça.

Vou contar para vocês como fui eleito. Fazia campanha contra o ocupante do cargo e ambos fomos convidados para discursar num comício de interior. Meu oponente subiu primeiro, mas, quando estava esquentando o discurso, começou a chover. A maioria das pessoas fez como eu: correu para se abrigar debaixo de uma árvore. Mas ele não. Continuou discursando para uns poucos correligionários durões que não arredaram pé. Até que um roceiro virou para mim e disse:

– Você acaba de provar que é o melhor candidato. Ninguém aqui vai votar num sujeito que não sabe quando é hora de sair da chuva.

MANTENHA O CURSO DO SEU DISCURSO

Ao redigir um discurso é necessário conhecer de antemão os possíveis tropeços que podem surgir, para evitar que você dê com a cara no chão.

1. PESQUISA DE FUNDO INADEQUADA. É necessário fazer um levantamento das seguintes informações a fim de determinar o estilo, o tom, o conteúdo e as piadas adequadas para sua apresentação.

- Qual é a ocasião? (Um evento social, um seminário, uma conferência?)
- Qual é o objetivo da sua fala? (Entreter, esclarecer, persuadir?)
- Quem é a plateia? (Quantos são, como se compõem, qual é a sua formação, quais são as suas expectativas?)

Se estiver escrevendo para um cliente, precisará saber também as qualificações profissionais, a experiência pessoal e os cacoetes discursivos do orador.

2. ABERTURAS LENTAS. Os momentos nos quais a plateia presta mais atenção são os primeiros, formando rapidamente uma opinião sobre o orador e o seu discurso. Como observou um humorista: "Uma abertura chata é um *habeas corpus* para a atenção da plateia".

3. EXCESSO DE INFORMAÇÕES. O tamanho ideal de um discurso ou palestra é de 20 minutos, mas às vezes o formato da programação exige que a pessoa discorra de 45 a 60 minutos. Os discursos longos tendem a se tornar muito detalhados e logo ficam monótonos e tediosos, ou seja, chatos. Parodiando Thomas Jefferson: "Discursos de uma hora estão sempre fora de hora".* Insira casos pessoais engraçados, boas metáforas, piadas e historinhas humorísticas para manter o discurso embalado. Também é boa ideia seguir a regra do SOS (Seja Objetivo e Simples), abordando e focando poucos pontos essenciais e utilizando a repetição para reforçar os conceitos críticos.

* N.T.: A frase original é "Discursos que passam de uma hora morrerão dentro de uma hora".

4. TER CARA DE DISCURSO. A linguagem da redação de discursos é diferente daquela usada em outros meios. Deve ser escrito e falado com um vocabulário correto, mas coloquial, e que soe bem quando dito em voz alta. Se uma frase tiver mais do que 14 palavras, reduza-a.

O ENCERRAMENTO: COMO SER APLAUDIDO DE PÉ

Para levantar a plateia é preciso baixar a bola. Muitos oradores são tão bons discursando que nunca querem parar. Os melhores discursos têm uma boa abertura e um bom encerramento... e um próximo do outro!

Na minha última palestra, reparei num velhinho numa cadeira de rodas. Quando desci do pódio, fui até ele e agradeci por ter vindo. Disse:

– E espero que você melhore logo.

E ele disse:

– Depois de ouvir seu discurso, espero que você melhore também!

Se possível, nunca seja o último orador numa conferência. Se não consegue evitá-lo, então nunca fale por muito tempo. E encerre sua fala com frases como esta:

Minha tarefa aqui foi a de falar e a sua foi a de ouvir. Estou feliz de que ambos tenhamos cumprido bem as nossas responsabilidades.

Sempre agradeça ao público. Não há melhor maneira de deixar a cena.

Se consegui manter o seu interesse, agora é hora de encerrar. E, se foi um discurso ruim, então é mais ainda hora de encerrar. Obrigado.

E para encerrar diga "E para encerrar". Junto com "É boca livre", esta é a frase preferida dos banquetes.

E para encerrar, devo dizer que tive diante de mim uma tarefa difícil. A comida estava ótima, a bebida farta e vocês foram uma plateia maravilhosa. Me sinto como o pastor que chamou a atenção de um garotinho sentado no banco da frente da igreja ao lado do seu pai, que cochilava.

– Billy – ele disse, – acorda o seu pai.
E o menino disse:
– Acorda ele você. Foi você que pôs ele pra dormir.

Um bom vendedor sempre termina uma fala fechando um negócio, o que não é má ideia também para os oradores. Diga à plateia o que quer deles: que comprem um produto, que doem para uma causa, que votem numa pessoa ou numa questão. Isto pode ser feito com humor também.

Criancinha para a família:
– Vou rezar antes de dormir. Alguém tem algum pedido?

É HORA DO ESPETÁCULO

Escreva um discurso de cinco minutos seguindo as dicas descritas nas seções acima. Abra com comentários humorísticos, desenvolva apenas três pontos, e encerre com um final humorístico.

O CLIENTE É QUEM MANDA

Quais sejam os motivos, há uma demanda tão grande por redatores que escrevam textos humorísticos para políticos, empresários, celebridades e editores de jornal que não existem redatores qualificados suficientes para atendê-la. Um *ghostwriter* de material humorístico tornou-se um símbolo de *status* para os homens de negócios, assim como um motorista. Para o redator que conseguir empregar-se em tempo integral, os salários serão altos.*

O preparo evita o reparo

É essencial que o redator trabalhe diretamente com o orador e não através de terceiros. Escrever e pensar estão entrelaçados. Não

* N.T.: Pelo menos nos Estados Unidos.

se pode ter um sem o outro. Os redatores precisam conhecer a filosofia do cliente intimamente a fim de terem clareza sobre seu "pensamento empresarial".

> Pedi à minha secretária que pesquisasse umas boas "citações citáveis" para meu discurso de hoje, que contivessem conselhos práticos, e ela me retornou com esse memorando: "Caro Chefe: As únicas citações boas que consegui encontrar são essas de autoria de Sócrates, que também andava por aí dando conselhos para as pessoas, e – caso tenha esquecido – acabou sendo envenenado".

Um bom redator possui uma orientação auditiva. Há uma diferença importante entre textos para os olhos e textos para os ouvidos; a maneira como um orador expressa uma piada é tão importante quanto a maneira como foi escrita. "Escreva o discurso com a boca", recomenda Ed McMahon. Portanto, redatores devem ensaiar a fala com o orador, pois só eles sabem o *som*, o fraseado apropriado das palavras que escreveram.

Os oradores devem ensaiar a sua fala pelo menos duas vezes. O segundo ensaio deve ser gravado e a gravação deve ser ouvida repetidamente. Muitos oradores acreditam sinceramente que basta dar uma repassada de leve antes de entrarem em cena. Mas uma vez é pouco. Ainda mais quando se trata de humor, onde o *timing* é crucial. Os profissionais fazem a coisa parecer fácil, mas não é.

> Ninguém percebe que trabalho 18 horas por dia durante um mês inteiro para fazer aquela hora de TV parecer que nunca foi ensaiada.
>
> **– Jimmy Durante**

Qualquer orador faz parte do *show business*, quer admita ou não (e como essas palavras impressionam, geralmente admite). Mesmo quando estão sentados na mesa, eles estão no palco. Ao mostrar-se entediado, conversar com outras pessoas quando alguém está discursando, ou ficar anotando mudanças de última hora no seu discurso, pode achar que está invisível.... mas não para uma plateia crítica.

Todos os redatores devem desenvolver uma alta dose de tolerância: essa é a capacidade de ouvir um cliente estragar uma de suas melhores piadas. Instrua o cliente a não tentar terminar uma piada que foi destroçada. A piada morreu, então encare a perda de frente. Redija boias salva-vidas, pequenas retratações que ajudem a salvar as aparências quando uma piada ficar atrapalhada ou for um fracasso.

Agora você sabe porque minha esposa me diz:

– Por mais que você não tenha o costume de falar em público, você insiste nisso!

Meu marido diz que eu tenho o maior jeito para ser editora. Corto sempre as piadas pelo pé: me esqueço do final.

O redator de discursos é também um diretor, um continuísta e um divulgador. Eis alguns truques eficazes para essas funções.

Quem cedo madruga

Você e seu cliente devem chegar antes ao local da apresentação. Você deve checar o microfone, a altura do pódio, se os sistemas audiovisuais e de multimídia estão prontos e funcionando e se a iluminação está adequada. Enquanto estiver fazendo isto, o cliente deve estar cumprimentando o máximo possível de pessoas na plateia, descobrindo seus nomes caso não os conheça, através de alguma identificação ou através de quem os apresente, chamando-os pelo primeiro nome. O orador deve circular rapidamente e não permanecer num único lugar por muito tempo. O objetivo é fazer amigos, pois rimos mais à vontade entre amigos.

John Mason Brown, o crítico de teatro, era um palestrante famoso, principalmente entre as associações femininas. Ao circular pelo salão antes de uma palestra, uma velhinha de cabelos brancos, apoiada numa bengala, aproximou-se dele e disse:

– Estou querendo muito ouvir a sua palestra, porque ouvi dizer que você tem paixão pelos idosos

Rápido no gatilho, Brown disse:

– Com certeza, mas adoro também as mulheres da sua idade.

Quanto mais melhor

O riso é contagiante. Todos querem sentir, enquanto estão rindo, que essa é uma experiência que estão compartilhando, para que possam curtir mesmo um material tabu sem serem ridicularizados. Tente lotar o recinto. Melhor 50 pessoas em pé do que 50 cadeiras vazias. Também, quanto menor o salão, melhor ressoa o riso.

Existe algo único quanto a rir em voz alta. Quando estamos sozinhos raramente rimos em voz alta. Para encorajar o telespectador em casa a rir em voz alta, os produtores de seriados refinaram a claque eletrônica. Mesmo quando a ação transcorre numa sala de operações de uma zona de combate (como em *MASH)*, o público em casa curte mais o programa quando uma claque gravada é acrescentada a ela. Dá ao público permissão para rir.

Estão me ouvindo?

Ajuste o sistema de som para que fique um pouco acima do nível normal. Na melhor das hipóteses, o orador estará competindo com o movimento normal de uma multidão, com sussurros, com barulhos de papel e de pratos. Na pior, um orador pode ter que sobrepujar a concorrência daqueles que estão contando para os colegas como a piada termina dois segundos antes de você dizer o desfecho. E evite tentativas humorísticas ao ar livre. A vastidão de qualquer arena ao ar livre dissipa mesmo as gargalhadas mais entusiasmadas.

DISCURSOS POLÍTICOS: EXERCENDO O MANDATO DO HUMOR

Cada político, desde o presidente ao prefeito de cidades pequenas, precisa discursar regularmente para seus pares, para organizações públicas e privadas e para os eleitores... e quase todos detestam isso. Procuram então redatores que consigam transformá-los em pessoas eruditas. Embora seja um ramo difícil de se entrar, a redação de discursos políticos pode ser uma das áreas mais lucrativas para os profissionais que sabem escrever humor.

> Os políticos de hoje em dia não escrevem mais seus próprios discursos ou seus próprios livros, e há evidências de que não sabem lê-los também.
>
> **– Gore Vidal**

Nos meses que antecedem todas as eleições, os candidatos saem na porrada através das estocadas irônicas que se tornaram o padrão do atual mundo político, onde para subir se pisa na cabeça do adversário.

Aneurin Bevin, ex-primeiro ministro britânico, chamava a política de esporte sangrento.

Todo presidente americano, desde Franklin D. Roosevelt, manteve um criador de piadas na sua equipe de redatores de discursos. Esse humor tem dois objetivos: destruir o adversário e humanizar o político, principalmente através da autodepreciação. O ex-presidente George W. Bush usou esse tipo de humor com grande sucesso em 2004. (Seus oponentes dizem que é porque tinha material de sobra para ser utilizado.) O humor é a maneira mais aceitável de caracterizar seu oponente como ineficiente, ou uma ameaça, ou um fantoche, ou um ladrão (ou todas as hipóteses anteriores). Houve um tempo em que o humor político era polido e cruel. Hoje é agressivo e cruel.

> Se uma comissão tivesse redigido o "Discurso de Gettysburg", *"four score and seven years ago"* teria que ser reescrito como oitenta e sete ou arredondado para noventa, por medo de que pessoas menos sofisticadas achassem que *"scoring"* tem algo a ver com proezas sexuais. E deveria trocar as palavras de "nossos pais deram origem neste continente a uma nova nação" porque assim as mulheres ficam de fora.
>
> **– Mike Royko**

Mark Katz era o redator humorístico oficial do ex-presidente Bill Clinton. Várias vezes por ano, Katz preparava discursos humorísticos para diversos eventos informais, tais como os banquetes anuais dos correspondentes que cobrem a Casa Branca. Trechos daqueles discursos sempre saíam nas colunas do dia seguinte.

> Discursos políticos são como uma ponte quebrada. Um ponto de um lado, um ponto de outro, e um monte de água no meio.
>
> **– Alfred E. Neuman**

A parte humorística pode ser a menor dentro de um discurso, mas, muitas vezes, acaba sendo a parte mais marcante e a mais eficaz. Franklin Roosevelt descreveu seu concorrente, Tom Dewey, dizendo que parecia "um homenzinho num bolo de casamento". Dewey perdeu feio. E quando Bill Clinton concorria contra George H. W. Bush, Ann Richards, ex-governadora do Texas, descreveu Bush como sendo "mais enrolado do que linha de carretel". O comentário de Richards foi muito citado, abrindo as comportas do humor, e Bush, o pai, ficou estigmatizado durante toda a sua campanha perdedora como sendo um político confuso, de duas caras. John Kennedy detonou o semblante cerrado e escuro de Richard Nixon declarando: "A Schick ofereceu dois milhões de dólares para Nixon fazer um comercial da Gillete na TV".

Sem dúvida, o ex-presidente Ronald Reagan foi um grande perito em soltar frases geniais. Como esta piada tripla:

> Recessão é quando seu vizinho perde o emprego. Depressão é quando você perde o emprego. E recuperação é quando o Presidente Carter perde o emprego.

Durante sua campanha contra Walter Mondale, em 1984, o humor de Reagan esvaziou completamente o melhor ataque pessoal desferido pelos democratas: a questão da idade (Reagan tinha então 72 anos). Todos sabiam que essa preocupação viria à tona durante os debates eleitorais. E realmente veio, a partir de uma pergunta de um jornalista. A reversão humorística de Reagan tornou-se um clássico a ser estudado por gerações, pois calou a imprensa e fez até Mondale rir.

> Não transformarei o fator idade num tema desta campanha. Não irei explorar, para fins políticos, a juventude e inexperiência do meu concorrente.

De acordo com a revista *Newsweek*, a piada de Reagan garantiu sua reeleição.

Eis como uma piada política importante, fazendo uso de um emparelhamento de antônimos, chegou a ser escrita. Quando Adlai Stevenson concorria à presidência dos EUA, em 1956, foi acusado de ter inclinações homossexuais. Se o público viesse a acreditar nessas histórias, Stevenson não teria nenhuma chance de ser eleito. Ele tinha poucas escolhas. Defender as acusações em público somente lhes daria maior peso. Entrar com um processo levaria muito tempo. Os democratas optaram por usar o humor para fazer os eleitores tomarem o partido de Stevenson, e começaram a trabalhar numa piada que ele pudesse usar em seu próximo discurso. O objetivo principal era fazer com que o Presidente Eisenhower, ou seus correligionários, parassem de espalhar mentiras. O primeiro esboço da piada era assim:

Eisenhower deve estar preocupado. Assim que comecei a contar histórias a seu respeito, ele começou a contar mentiras a meu respeito.

Tinha o impacto desejado, mas a última frase não era bem o que Stevenson queria fixar na memória das pessoas. Então, experimentaram uma série de outras variações até que encontraram um par de antônimos que funcionou. Até hoje esta é saudada como uma das grandes declarações de Stevenson:

O Presidente Eisenhower e eu temos um pacto. Se ele parar de contar mentiras a meu respeito, eu paro de contar verdades a seu respeito.

Conseguir entrar no ramo dos discursos políticos sem experiência prévia é difícil. E, ao passo que os salários podem ser excelentes, caso o candidato perca, esses redatores de humor têm apenas empregos temporários. Mesmo depois de contratados, a identidade dos autores das piadas é um segredo tão sigiloso quanto a dos espiões da CIA. Somente o político – jamais o público e nem mesmo a imprensa – sabe quem inseriu aquelas pérolas de humor em sua oratória de campanha. E apenas um punhado de comediantes redatores tornaram-se famosos depois de deixar a política. A lista inclui Robert Orben, Al Franken e Peggy Noonan, que chegou a mandar essa: "A batalha pela mente de Ronald Reagan é como o combate nas trincheiras da I Guerra Mundial... nunca tantos lutaram tão desesperadamente por terreno tão árido".

Disseminar o humor político através da internet aumenta em muito o seu impacto. A internet não sofre a censura dos códigos das emissoras de televisão ou das empresas jornalísticas e uma piada pode ser reproduzida por centenas de *sites* independentes para milhares de pessoas com tendências políticas e gostos humorísticos semelhantes. Contudo, como as opiniões políticas são muito arraigadas, analistas políticos, como David Cross, acreditam que o humor mais incita os fiéis do que convence os eleitores indecisos. 'Estou chovendo no molhado, mas mesmo encharcadas as pessoas estão rindo".

Postulantes a redatores de discursos podem praticar esse ofício escrevendo humor para candidatos locais, que fazem dezenas de discursos e são sempre citados na imprensa de sua cidade. Procure-os e ofereça a eles alguns de seus torpedos personalizados. Pode ser que alguns de seus discursos locais cheguem a ser noticiados na cobertura nacional.

O REDATOR DE DISCURSOS PROFISSIONAL: INDO AO MERCADO

Redigir discursos para oradores pode ser lucrativo. Nos EUA recebe-se 500 dólares ou mais por discurso. Mas a demanda insaciável por discursos ou palestras humorísticas significa que seus redatores podem chegar a ser compensados ainda mais financeiramente, cobrando 100 dólares ou mais por página de texto.

Antes de tentar ser um redator profissional de discursos, explore as possibilidades dessa profissão, procurando descobrir quais os mercados disponíveis em sua região. O fator mais importante, ao colocar seus discursos nesses mercados, é a escolha do tema. Apresentações motivacionais que sejam engraçadas podem ser úteis para empresas, com discursos informativos, inspiradores e que ao mesmo tempo entretenham a plateia.

Se planeja fazer seus próprios discursos, comece oferecendo-se para falar de graça para grupos comunitários e demais organizações em sua cidade. Depois que tiver estabelecido um discurso "padrão", procure descobrir se existe um empresário ou agente em sua cidade que possa fazer contatos e agendar palestras e discursos para quem se interessar. Comece cobrando pouco e vá aumentando a sua tabela de acordo com a demanda e o interesse que suas habilidades oratórias e humorísticas forem despertando. Providencie uma boa filmagem de um de seus discursos para servir de apresentação.

CAPÍTULO 13
Humor ao vivo: comédia em pé sem ser um pé no saco

> Nasceu com o dom do riso e a sensação de que o mundo enlouquecera.
>
> **– Raphael Sabatini**

Os esquetes e a comédia *stand-up* – na qual humoristas se apresentam ao vivo diante de uma plateia, com monólogos, algumas vezes de improviso – estão em alta. Considere a popularidade nos EUA do canal de TV Comedy Central, dos filmes que apresentam humoristas de *stand-up*, e mesmo dos concursos de comediantes *stand-up*, como o Last Comic Standing.*

Os problemas dos esquetes e da comédia *stand-up* podem ser atribuídos à capacidade de atenção cada vez menor do público. Larry the Cable Guy, um dos integrantes do grupo de humor *Blue Collar*, explicou porque o público está preferindo assistir a esquetes do que a seriados, dizendo: "É pá-pá. Em dois minutos tem 30 piadas. Num seriado, se você assiste a três ou quatro minutos e não ri, troca de canal".

Devido a esse interesse pela comédia ao vivo, a demanda pela redação de humor agora é quase insaciável. Os comediantes *stand-up* profissionais precisam de um bom material quando estão começando, e de um material ainda melhor quando estão por cima, pois é então que seus temores aumentam.

> Agora que meu ibope está alto, meu medo é diferente. É como alguma força agourenta desconhecida me dando um tapinha no

* N.T.: No Brasil, o sucesso retumbante de espetáculos como Os *Melhores do Mundo*, *Terça Insana* e *Z.E. – Zenas Improvisadas* também atesta isso.

ombro. É a posição em que ninguém quer ficar: aquela onde não consegue se sustentar. É como um aviso de que preciso fazer melhor e continuar fazendo melhor, ou o ibope vai cair e serei apenas a casca esvaziada de um ser humano... como sou agora.

– David Letterman

No clima atual da comédia existem muitas oportunidades para os redatores de humor. Tirando gotas de água numa frigideira ao fogo, nada evapora mais rápido do que o valor de uma piada de atualidades. Se você consegue escrever de maneira engraçada e rápida, prepare-se para entrar no mercado de piadas num futuro próximo.

Muito livros, como *The Comedy Bible*, de Judy Carter, e *Zen and the Art of Stand-up Comedy*, de Jay Sankey, dissecam a arte da comédia com esquetes e *stand-up*. Mas ela é também um ofício, com características e habilidades que precisam ser adquiridas. O primeiro aspecto – e o mais importante – do ofício cômico é o personagem do comediante.

A comédia *stand-up* não mudou nada. Ainda é o último refúgio do bebum amargurado.

– Bob Odenkirk

NÃO SAIA DO PERSONAGEM: SUA PERSONA MUI GRATA

Assim como existe a obrigação de identificar o público antes de escrever o material, é essencial conhecer o personagem que o apresentador estará interpretando. O humor não faz o personagem; é do personagem que provém o humor. Este ponto é crítico e merece ser frisado: cada apresentador de sucesso tem uma persona, e o humor é escrito para aquela persona, não para o apresentador.

O seu personagem no palco é um *superbonder*. É o que dá sentido às suas piadas, fornecendo a elas um contexto de onde brotar e uma perspectiva de onde refletir. Se seu material for o quê, então sua apresentação é o como, seu *timing* é o quando, e seu personagem é o quem.

– Jay Sankey.

Um personagem precisa de uma marca registrada, um ponto de vista previsível que nunca muda. Se um comediante não tiver um estilo individual (às vezes chamado de gancho, ou presença de palco), o redator (como no caso da redatora e diretora Jane Wagner, que trabalha com Lily Tomlin) deve assumir o encargo de descobrir um que lhe sirva. Sem essa identidade, o apresentador é apenas um recitador de piadas, uma testemunha ocular da história insignificante. Com ela, um comediante pode arrancar risos mesmo com seus erros... pois, de certa maneira, o personagem é parte da piada.

Não é comum que um apresentador famoso tenha mais do que uma persona. É também perigoso, pois o público sente-se mais confortável com humoristas estereotipados. Além disso, é mais fácil escrever para apenas um personagem.

Os estereótipos são os atalhos do raciocínio, e o público poderá ficar confuso se um apresentador muda de caracterização no meio de sua apresentação. Os comediantes estabelecidos no ramo do cinema ou do teatro raramente interpretam personagens que vão de encontro à sua persona. Os comediantes do cinema que fazem mais sucesso são aqueles que, no fundo, fazem sempre o mesmo personagem, como Woody Allen, Billy Crystal e Steve Martin.

Quando esses mesmos comediantes tentaram alterar a sua persona nos filmes, o público nem sempre foi receptivo. Isto posto, é possível sim que apresentadores alterem sua persona com sucesso, como provou Robin Williams.

> O público realmente é uma coisa. Quando você está apreensivo e demonstra um pouquinho de medo e de dúvidas por não estar conseguindo fazer as pessoas rirem, cara, o público devora você na hora. Eles sentem o medo, e é como estar sendo confrontado por uma fera selvagem que sente o seu cagaço. Nos dois casos, você está ferrado.
>
> **– Richard Pryor.**

Os redatores de humor profissionais precisam ser conhecidos por dois tipos de confiabilidade. Pode-se confiar neles para produzir material que seja (a) de boa qualidade e (b) bem focado. Ser rejeitado com a frase "Não faço esse tipo de humor" é arrasador, porque indica que o redator não conhecia o mercado. Não apenas desperdiçou o seu tempo, como o do apresentador também. Os pobres coitados que são rejeitados dessa forma fazem bem em manterem seus empregos habituais.

Os redatores profissionais se envolvem em trabalhos sérios de pesquisa. Ler o material que já foi publicado, acompanhar apresentações ao vivo e assistir a apresentações gravadas é algo que toma tempo. A pesquisa de fundo ajudará a identificar o estilo e o tom do personagem do apresentador, assim como o material apresentado tipicamente por ele. Piadas criadas para um personagem raramente funcionam com outro, mesmo se forem escritas para um personagem semelhante.

> Basicamente, toda piada já foi feita, então provoca-se o riso com os olhares, os gestos e frases de efeito. O redator deve ouvir instintivamente uma vozinha dentro dele que diz "Isto não está certo" ou "Ei, isto funciona!"
>
> **– Eric Allen**

É HORA DO ESPETÁCULO

Ao assistir a apresentações de seus humoristas prediletos, identifique as características predominantes de cada comediante (estilo, atitude, maneirismos) e o material utilizado (tópicos, tom, frases de efeito, fórmulas). Escreva uma descrição que resuma em uma sentença o personagem de cada humorista.

AS MELHORES RESPOSTAS PARA AS MELHORES PERGUNTAS

COMO SABER SE SOU REALMENTE ENGRAÇADO?

Teste o seu material diante de uma plateia ao vivo, mas lembre-se de que a plateia deve ser composta pelo seu público-alvo. E é aí que a maioria dos iniciantes comete um engano fatal.

O triângulo do MAP descrito no primeiro volume deste livro tem como seu ápice a letra P de Público, porque é essencial para um humorista escrever ou se apresentar para um público específico. E o público certo para cada apresentador ou redator difere tanto quanto a cara-metade ideal de cada um. Uma plateia de estudantes masculina é diametralmente oposta à plateia feminista de Ellen DeGeneres, e os reaças biriteiros de Jeff Foxworthy ficariam deslocados, se arrebanhados para a plateia progressista de Rita Rudner.

A plateia na apresentação dos Oscars é tão ranzinza que a cerimônia mostrou-se fatal para os apresentadores David Letterman e Chris Rock, ambos atirando-se às águas de Hollywood com suas melhores boias salva-vidas humorísticas e se afogando.

Se um material ao ser testado provocar risos por dois segundos, você acertou na veia. Provocar risos por quatro segundos é acertar no veio. Num veio de ouro. A maioria das piadas acerta na vala.

Antes de Jay Leno apresentar seu monólogo de cinco minutos em cada edição noturna de *The Tonight Show*, testa seu material na noite anterior num clube de comédia próximo de onde mora, com um público semelhante ao perfil da plateia do seu programa. Seus 12 redatores o suprem com uns vinte minutos de piadas novas, e então essa plateia ajuda Leno a descartar 75% do material de teste para chegar aos cinco minutos finais que apresenta na noite seguinte para um público de telespectadores em todo o país. É muita rejeição a cada dia. Os profissionais estão acostumados com esses índices. Você também deve se preparar para isso.

COMÉDIA É COISA DE MASCARADO

O teatro teve início na Grécia, com um ator fazendo todos os papéis, usando uma variedade de máscaras. No humor, existem muitas máscaras distintas de personagens. Mas cada comediante só pode ter uma. O personagem pode ser um erudito ou um idiota, um mauricinho da elite, um drogado, um pervertido sexual, um cascateiro, um sovina, um bêbado e um covarde (só para ficarmos entre os seus amigos).

Um comediante fala coisas engraçadas. Um cômico fala engraçado. Hoje vou provar que sou um malabarista!

– Michael Davis

Cada uma das máscaras tem uma quantidade de variações; elas também se sobrepõem. Os personagens básicos podem ser divididos em três grupos: o indivíduo, a equipe e o artista (com adereços). Na maioria dos casos, o personagem se adequa à personalidade do apresentador, complementando sua aparência física e seu modo de falar, assim como o seu talento. Paradoxalmente, o humorista deve criar uma caracterização perfeita de um personagem imperfeito.

Embora os humoristas possam discutir qual o rótulo apropriado para cada máscara cômica, a maioria concorda com a existência de umas 20 personagens humorísticas distintas. As 20 máscaras da comédia são:

O INDIVÍDUO

1. O bobo da corte
2. O agressor
3. O pobre coitado
4. O marginal
5. O intelectual
6. O satírico da política
7. O contador de histórias
8. O boçal
9. O antiquado
10. O tipo étnico
11. O imigrante

A EQUIPE

12. Duplas
13. Participantes de esquete
14. O ventríloquo

O ATOR

15. O imitador
16. O palhaço
17. O artista, músico e cartunista

18. O comediante de revista
19. O improvisador
20. O desastrado

À medida que mudam as preferências do público, personagens podem sair de cena. Por exemplo, hoje existem poucas duplas de humoristas nos EUA... com a exceção de Penn & Teller, que são primordialmente mágicos. Os esquetes, o coração da comédia burlesca, também se tornaram escassos nos EUA. Aparecem em alguns poucos formatos televisivos: nas paródias de programas de *quiz* e dos telejornais, em programas de convidados como o *Saturday Night Live*, o *Whose Line is It Anyway?* e o *MADtv*. Muitas das máscaras da comédia, como o comediante de revista, o antiquado e o ventríloquo, não têm sido apresentados regularmente há anos, e ninguém consegue explicar porquê. É impossível também prever se as máscaras aposentadas da comédia eventualmente retornarão.

> A comédia em pé é transitória. A história mostra que só se pode ficar em pé por determinado tempo; depois disso, pedem pra você se sentar.
>
> **– Steve Martin**

Os estilos de comédia e as preferências do público podem mudar com o tempo, mas as ferramentas básicas da comédia permanecem as mesmas: as fórmulas de escrever humor que constituem uma apresentação de Ellen DeGeneres são as mesmas usadas num monólogo de Jack Benny. Muitos humoristas de sucesso, se tomarem um soro da verdade, admitirão que outro comediante influenciou seu estilo e sua maneira de fazer humor.

Eis os sete personagens mais comuns nos esquetes e na comédia *stand-up* de hoje em dia.

O bobo da corte

O personagem mais popular da comédia atual é o *stand-up:* às vezes chamado de bobo da corte, piadista, gaiato, desbocado ou gozador. O material do bobo da corte consiste em uma série de piadas de uma frase ou de comentários curtos a respeito da cena contemporânea. Milhares de comediantes podem ser incluídos nessa categoria, incluindo veteranos como Bob Hope, Milton Berle e Henry Youngman.

Tenho que ir para Washington.... quero ficar perto do meu dinheiro.

– Bob Hope

Toda vez que uma pessoa entra numa delicatéssen e pede *pastrami* no pão branco, em algum lugar morre um judeu.

– Milton Berle

Meu médico agarrou minha carteira e disse:
– Vamos fazer uns exames!

– Henry Youngman

Variações em torno do personagem de bobo da corte podem ser ouvidas hoje no material mais ousado de humoristas como Chris Rock, Laura Knightlinger e Wanda Sykes.

Você sabe que o mundo pirou quando o melhor *rapper* é branco, o melhor jogador de golfe é negro, o cara mais alto da NBA é chinês, os suíços são campeões americanos de iatismo, a França acusa os EUA de arrogância, a Alemanha não quer ir pra guerra e os três homens mais poderosos dos EUA têm nomes como "Bush", "Dick" e "Colin".

– Chris Rock

Detesto quando dizem "Sempre dama de honra, nunca noiva". Gosto de pôr as coisas em perspectiva: "Sempre carregando o caixão, nunca dentro do caixão".

– Laura Knightlinger

Dizem que o casamento é um contrato. Nada disso. Contratos vêm com garantias. Quando algo dá errado, você tem como devolver pro fabricante. Se seu marido estraga, você não tem como levar ele de volta pra casa da mamãe. "Não sei o aconteceu: parou de funcionar. Só fica parado fazendo barulhos esquisitos".

– Wanda Sykes

Os *stand-ups* de hoje diferem dos gozadores do passado quanto a seu método de contar piadas. O estilo de antigamente era recitar uma série de piadas de uma frase. O método atual enfatiza mais os comentários sociais e longas broncas a respeito da vida do dia a dia.

Lembram daquela caixa de lápis de cor que tinha um lápis cor de pele?
Criancinhas brancas:
– Vou desenhar papai e mamãe.
Criancinhas negras:
– Não conheço ninguém com essa cor.
– Não joga fora, a gente usa pra desenhar a polícia.

– D. L. Hughley

Os bobos da corte mais bem-sucedidos ajustam o seu conteúdo, a sua atitude, a forma de se apresentar ao seu personagem. A atrevida Joan Rivers inspirou Roseanne Barr, a dona de casa enfadada e frustrada, e Rita Rudner e Wendy Liebman tornaram-se ícones do movimento pela liberação das mulheres.

Minha mãe sempre disse: não se case por dinheiro, se divorcie por dinheiro.

– Wendy Liebman

O pobre coitado

O pobre coitado tem sido uma constante há séculos na comédia. O comediante faz um tipo tímido, inseguro, um capacho, sempre buscando aprovação, confuso em relação ao sexo oposto, incapaz de namorar ou sustentar qualquer tipo de relacionamento. Rodney Dangerfield interpretou esse personagem durante décadas.

Fui ao analista. Disse:
– Doutor, tenho essa impressão de que todo mundo quer se aproveitar de mim.
Ele respondeu:
– Relaxa. Todas as pessoas pensam que alguém está tentando tirar vantagem delas.
– Puxa, obrigado, doutor. Quanto lhe devo?
– Quanto você tem aí?

O público adora rir da desgraça dos outros. Quando se é um humorista iniciante, tentando conseguir as primeiras gargalhadas, o pobre coitado é um dos personagens mais fáceis de se usar. O truque é fazer com que o público goste de você; caso contrário, não simpatizarão com seu personagem e ficarão felizes ao vê-lo receber o que merece.

Assim, a piada de abertura é muito mais importante para essa persona do que para os demais, porque define claramente o personagem.

Garry Shandling e Richard Lewis são outros dois praticantes desse estilo. Cada piada é autodepreciativa.

> Estou namorando uma garota... que, claro, nem desconfia disso.
>
> **– Garry Shandling**

> Larguei a terapia porque meu terapeuta estava tentando me ajudar pelas minhas costas.
>
> **– Richard Lewis**

> Enxergo tão mal que pego qualquer mulher.
>
> **– Garry Shandling**

Há muitas variedades de coitadinhos. Os sucessos de bilheteria de Will Ferell e Ben Stiller devem-se em grande parte à sua habilidade em criar um pobre coitado que todos adoram. O ator e redator Larry David transformou o pobre coitado numa pessoa para quem tudo dá errado, ao criar dois personagens inesquecíveis dos seriados: seu próprio *alter ego*, em *Curb Your Enthusiasm*, e George Constanza, em *Seinfeld*. Estas são frases clássicas de Constanza:

> Pois eu sou George Constanza, Imperador dos Idiotas.
>
> Sou um grande desistente. Venho de uma longa linhagem de pessoas que desistem. Fui criado para desistir.
>
> Não ando com caneta, tenho medo que perfure meu escroto.

O marginal contestador

Durante a Lei Seca, nos anos vinte, o comediante americano que assumisse uma postura de bêbado era popular nas boates, nos filmes e entre os estudantes. W. C. Fields foi um dos primeiros, depois vieram outros como Joe E. Lewis, Robert Benchley e Dean Martin. Subiam frequentemente ao palco com copos de bebida na mão ou pegavam um copo de uma mesa próxima.

> Não cobiçarás a casa do próximo a não ser que tenha uma adega cheia.
>
> **– W. C. Fields**

O fascínio com o palhaço bebum virou fascínio pelo doidão. Quando surgiu o personagem drogadaço, esse maluco excêntrico da contracultura era o delírio dos universitários, enquanto que para as pessoas de meia idade era um depravado. O comediante Lenny Bruce foi o guru do humor drogado. Seu colega, Robert Klein, disse que cada humorista moderno tem uma dívida de gratidão para com Lenny Bruce. Bruce alegava que entrara nas arenas das drogas, do sexo e da escalotogia para comprovar questões filosóficas. Não acredito nisso. Entrou na roda de fogo pois isso o diferenciava de satíricos mais eruditos, como Mort Sahl.

> A maconha é rejeitada no mundo todo. Amaldiçoada. Na Inglaterra, podem dar heroína para os pacientes, mas maconha? É chave de cadeia. Por que será?... O único motivo pode ser: para Servir ao Diabo. Prazer! Prazer, uma palavra proibida na cultura cristã.
>
> **– Lenny Bruce**

George Carlin deu seguimento ao legado de Bruce como humorista da contracultura. "Eu atraio aquele segmento da população que sente que não existe esperança para a raça humana", Carlin disse. Nos anos 60, seus temas essenciais eram as drogas e a contestação, e usava palavras e ideias pesadas para chocar e despertar um público amortecido. Desde então, Carlin abandonou o personagem drogado mas continuou a usar jogos de palavras fascinantes enquanto ridicularizava de maneira corrosiva todos os componentes do sistema. Seguindo os passos de Carlin muitos outros vieram, incluindo Emo Philips e Denis Leary.

> Eu era um consumidor de drogas. Continuo sendo, mas antes eu consumia também.
>
> **– Mitch Hedberg**
>
> A cocaína é a maneira que Deus tem de nos dizer que estamos ganhando dinheiro demais.
>
> **– Robin Williams**
>
> Eu nunca fumaria *crack*. Quando falam em fumar um craque, imagino ele saindo de campo, todo suado...
>
> **– Denis Leary**

O intelectual

Antes de passar a atuar no cinema, Woody Allen foi o personagem erudito mais bem-sucedido da comédia. Interpretou um mascote dos intelectuais por 20 anos. Seu humor se baseava na incongruência entre a sua aparência e o seu material: a cara de fracote, enfiado nos livros, que ocultava prodígios sexuais secretos, a própria antítese da dominância agressiva de seus pares, como Shecky Green, Jan Murray e Jack Carter.

> Contei minhas experiências sexuais para a Parker Brothers e as transformaram num jogo.*
>
> **– Woody Allen**

Entre os humoristas de *stand-up* influenciados por Allen está Steven Wright, cujo ato é de um surrealismo abstrato: lógica ilógica baseada em interpretações literais. Seu figurino no palco é sempre o mesmo: calça *jeans*, camisa social com mangas dobradas, tênis, cabelo desgrenhado e um rosto taciturno que nunca ri. Isso dá a ele a aparência de um andarilho iconoclasta.

> Nunca vi eletricidade. É por isso que não pago por ela. Escrevi bem na conta: "Sinto muito, esse mês não vi nenhuma eletricidade aqui em casa".

A lista dos intelectuais que reinam hoje inclui Dennis Miller e Lewis Black. Seus personagens são sarcásticos e antenados, cobertos por uma densa camada de hostilidade satírica que menospreza figuras públicas e critica as tendências políticas e sociais.

> A direita radical é tão homofóbica que está culpando a AIDS pelo aquecimento global.
>
> **– Dennis Miller**

> Olha, se Nova Jersey precisa de dinheiro, podiam aumentar os impostos sobre unhas postiças. Iam render uma fortuna!
>
> **– Lewis Black**

---

* N.T.: No Brasil, a equivalência seria contar as experiências sexuais para a Grow e transformarem num jogo.

Cara, essas coisas (carros movidos a energia solar) são tão feias que são movidas a humilhação.

– Lewis Black

O satírico político

O satirista é o franco-atirador do humor. Como o humor de atualidades, a sátira tem a expectativa de vida de uma mosca. Um dos satíricos mais famosos, Mort Sahl, entra no palco com o jornal do dia enrolado como se fosse acertar aquela mosca. A sátira reflete o que e quem está no noticiário no momento em que a piada é contada. Na semana seguinte o mesmo material poderá ter envelhecido. Por outro lado, certos comentários satíricos ilustram o ditado que diz: quanto mais as coisas mudam, mais permanecem as mesmas.

Os liberais sentem-se indignos de suas posses. Os conservadores sentem que merecem tudo que roubaram.

– Mort Sahl

A sátira ataca tanto alvos políticos quanto sociais, e portanto é algo arriscado de se tentar quando a plateia for muito grande e variada. Will Roger achava que se conseguisse um "índice de risos" de 50%, estava indo bem. Antes da explosão das emissoras a cabo, Mark Russell era o satírico político mais proeminente da televisão.

Os republicanos têm uma nova proposta de plano de saúde pública: diga não às doenças.

– Mark Russell

Hoje, nas emissoras a cabo americanas, Bill Maher, com seu *Real Time*, e Jon Stewart, com seu *The Daily Show*, fornecem muito material para discussões com suas sátiras políticas. Jon Stewart e seus colaboradores também escreveram o *best-seller America (The Book)*, paródia de um livro didático de ciências políticas. Os seguintes factoides, no estilo "Você Sabia?", são exemplos de sua visão satírica da democracia.

O fato de que a Carta Magna foi escrita em 1215 é, por lei, a única coisa que se precisa saber a seu respeito.

Os magistrados da Suprema Corte, à maneira dos gorilas africanos, evitam confrontos físicos com juízes de tribunais inferiores a fim de manterem sua supremacia.

Noventa e seis por cento dos congressistas acabam sendo reeleitos. E, se eles conseguem, imaginem que porcaria devem ser os outros 4%.

O público sente-se mais tolerante em relação aos satíricos da escrita, como Art Buchwald, Russell Baker e Ellen Goodman. Isto é porque nas apresentações ao vivo há um segundo em que a plateia está pensando... e não rindo. E para um humorista ao vivo, o silêncio pensativo é mortal.

Alguém pode avisar por favor a George W. Bush que ele não é o Comandante Supremo do Judiciário? Por mais que ele tenha ficado um tesão com aquela roupa de piloto de jatos, as túnicas negras exigem um semblante mais *cool*.

– Ellen Goodman

O contador de histórias

Existe muita caracterização no ofício de contar histórias. O roteiro de uma história não é um *poutpourri* de piadas e anedotas, pois tem que se limitar a um tema único. O apresentador faz uso de comentários bastante críticos que precisam se estender às vezes por dez minutos (eventualmente, o humorista chega à conclusão). Piadistas como Bill Cosby, Garrison Keillor, Richard Pryor e David Sedaris não pulam de piada em piada. Ao invés disso, compartilham com o auditório suas irritações e uma experiência universal. Como atores, ensaiam e dramatizam cuidadosamente suas histórias. O resultado é que seu material tende a se afastar das atualidades e se concentrar sobre assuntos de fé, como a família, os negócios e situações do cotidiano.

É muito mais fácil para mim falar da minha vida diante de 2000 pessoas do que cara a cara. Sou uma pessoa muito fechada, porque no meu bairro, se você fosse sensível, te comiam vivo.

– Richard Pryor

Antes do humor radiofônico, o repertório do humor interiorano era composto de casos folclóricos. Integrava-se ao cenário um mundo de roceiros e gente rústica, onde tudo era exagerado. Havia concursos de contar piadas, concursos de contar histórias e até prêmios para os maiores mentirosos. A imaginação era encorajada e as oportunidades para o humor eram limitadas apenas pelas fronteiras da mente do indivíduo. Os antecessores dos contadores de casos americanos foram George Ades e Mark Twain (no começo do século XX) e, décadas depois, Danny Thomas, Buddy Hackett e Alan King levaram a tradição adiante.

Se quiser ler sobre amor e casamento tem que comprar dois livros separados.

– Alan King

Atualmente, o programa de rádio de Garrison Keillor, *A Prairie Home Companion*, usa o mito e o exagero como seus únicos motes, irradiando da fictícia Lago Woebegon, "uma pequena cidadezinha que o tempo esqueceu", localizada num estado de espírito. É um poema de amor para as cidades pequenas da América, uma terra natal universal para todos que já viveram (ou gostariam de pensar que já viveram) a oeste do Rio Hudson, e que gostam de voltar para casa por algumas horas a cada semana. O público se emociona com o humor folclórico e mítico sobre uma cidade "onde todas as mulheres são fortes, todos os homens são bonitões e todas as crianças são acima da média".

Lá donde eu venho a gente não confia em papel. Riqueza é o que se tem em casa. Se abro um armário e vejo, assim, umas 30 latas de molho de tomate e um saco de cinco quilos de arroz, me dá uma sensação de bem-estar... muito mais do que se desse uma olhada no relatório quadrimestral de dividendos das minhas aplicações.

Bill Cosby começou com um número onde apresentava personagens do seu bairro, que eram "mais um da turma" (Fat Albert, Weird Harold). Agora, confia tanto em seu material que quebra o primeiro mandamento da comédia: busque uma boa gargalhada de cara. É um humorista de *stand-up* que prefere ser um contador de histórias, sentado, batendo um papo com sua plateia sobre um problema em comum, criando uma réplica de sua vida familiar. É assim que vai construindo uma sintonia. Suas histórias começam com uma situação padrão para só então dar sequência através de exageros. Constrói desenhos animados com palavras e não com piadas. Quando se conta uma história, a grande vantagem é que, se o público não ri daquilo que deveria ser algo engraçado, não importa, a não ser que seja a última frase.

Descobri, ao examinar o meu passado, que no começo eu era uma criança. Por coincidência, meu irmão também. Minha mãe não colocou todos os ovos numa cesta, por assim dizer: me deu um irmãozinho chamado Russell, que me ensinou o significado de "sobrevivência do mais apto".

– Bill Cosby.

As observações hilárias e maldosamente distorcidas de David Sedaris elevam a arte de contar histórias engraçadas a um novo nível. Com um desempenho brilhantemente *blasé*, leva o público numa viagem surreal baseada nas suas experiências de vida excêntricas. Parte do sucesso vem de seu material inusitado, como suas histórias de quando trabalhava como elfo na loja Macy's. Mas o verdadeiro dom de Sedaris é sua visão particular e única de temas como os perigos da paquera entre elfos, ou o consumo de drogas na casa dos seus pais.

Depois de alguns meses no porão dos meus pais, aluguei um apartamento perto da faculdade, onde descobri tanto a metanfetamina quanto a arte conceitual. Qualquer uma dessas coisas é perigosa, mas quando combinadas adquirem o potencial de destruir civilizações inteiras.

Uma razão pela qual poucos humoristas adotam a máscara do contador de histórias pode ser a de que o estilo aparentemente improvisado de contar histórias requer um ator talentoso, com *timing* e enfoques apurados, habilidades que só podem ser aperfeiçoadas por anos de lapidação cuidadosa de um personagem. Muitos comediantes novos não querem praticar tanto. Outro motivo pode ser que, em nossa era frenética de comunicação instantânea, não queremos tomar o tempo das pessoas para escutar longas histórias. É um produto de nossa mentalidade de cartões de crédito: cada hora de hoje deve ser dedicada a pagar os excessos de ontem. O humor, como os comerciais, é avaliado em 30 segundos.

O boçal

O personagem roceiro, acocorado e picando fumo à frente da venda, com um cachorro aos seus pés, era um sucesso constante entre o público rural, que se sentia confortável rindo de algum capiau menos inteligente do que ele. Passou-se um século e pouco mudou na composição desse personagem, só que agora ao invés de ouvir música caipira ele ouve música sertaneja. Mas onde antes podia ser simpático, e até sábio, hoje é de uma obtusidade grosseira.

> Nunca tive inveja. Nem mesmo quando meu pai terminou a quinta série um ano antes de mim.
>
> **– Jeff Foxworthy**

Nos anos 70, o personagem mais famoso e (paradoxalmente) mais desagradável na televisão comercial americana era Ernest P. Worell, um sujeito grandalhão e desbocado criado pelo ator Jim Varney. Ernest despejava um jorro de conselhos arrogantes mesmo quando ninguém lhe pedia. Parecia o boçal rematado dos cafundós das montanhas apalachianas. Ernie conversava com um amigo que nunca era visto ("Ei Vern") mas aí – para proporcionar ao espectador uma sensação de superioridade e a satisfação de se vingar desse personagem irritante – transformava sua presunção ("Entendeu, Vern?") em ridículo, perdendo a cabeça e fazendo algo incrivelmente estúpido, como batendo a porta do carro na mão ou se eletrocutando.

O abobalhado do interior deu em dois novos personagens: o cervejeiro barrigudo, que só assiste a futebol, e o idiota urbano. Jeff Foxworthy e seus amigões de *Blue Collar* dominam o mercado da comédia baseada na boçalidade.

> Agora mesmo tem um projeto na assembleia legislativa do Texas para acelerar o processo de execução dos condenados por crimes hediondos que tenham mais de três testemunhas confiáveis. Se mais de três pessoas o viram fazer o que fez, não precisa mofar no corredor da morte por quinze anos, mané, você vai passar direto pela fila. Tem estados tentando abolir a pena de morte. Meu estado está instalando uma via expressa.
>
> **– Ron White**

O filme *Debi & Lóide - Dois idiotas em apuros* criou uma variação sobre o boçal junto com o tapado despirocado, e o sucesso do filme garantiu que os filmes de comédia futuros passassem a incluir pelo menos uma cena ultrajante de burrice ou obscenidade.

AS MELHORES RESPOSTAS PARA AS MELHORES PERGUNTAS

COMO ENCARNO O MEU PERSONAGEM?

O conselho mais comum oferecido aos humoristas iniciantes é: seja você mesmo. Os escritores recebem um conselho semelhante quando são encorajados a encontrarem a sua própria voz. Teoricamente, ser você mesmo e encontrar a sua própria voz são ideias boas. Contudo, em sua busca por descobrir-se a si mesmo, lembre-se de não excluir o público, o elemento mais importante na teoria do MAP.

O público rapidamente – e inconscientemente – cataloga apresentadores em personagens. O público entende e aprecia personagens, não apresentadores. Se o público não consegue identificar rapidamente o personagem de um apresentador, não irá ocorrer um investimento emocional por parte desse público... e, consequentemente, os risos não virão.

O desenvolvimento de um personagem escora-se em dois elementos da fórmula do TRÊS que analisamos no primeiro volume: realismo e exagero. Um personagem eficaz é uma extensão da personalidade do apresentador com aspectos exagerados. Um personagem humorístico é uma caricatura (porque o normal não é engraçado).

Qualquer um pode contar uma piada, mas um personagem bem definido torna isto mais fácil. O pobre coitado de Rodney Dangerfield era tão óbvio que poderia ser resumido em uma única palavra: desrespeitado. Um benefício oculto na criação de uma persona de palco bem distinta é que reduz o furto de suas piadas por outros apresentadores.

É HORA DO ESPETÁCULO

Desenvolva um personagem e encontre a sua voz. Faça um supletivo em história da comédia, completando os exercícios abaixo.

Assista a apresentações de humoristas do presente e do passado para compreender a diversidade de personagens cômicos. Mantenha um diário identificando as características dominantes de cada personagem e observando como as máscaras da comédia mudaram com a passagem do tempo.

Colecione 20 piadas de humoristas passados e estude cada piada, o seu conteúdo, o seu estilo. Em seguida reescreva cada piada para um público de hoje em dia.

Compare os esquetes de programas antigos de TV com os de programas atuais. Anote as diferenças entre os personagens principais, entre a estrutura dos esquetes e as fórmulas usadas nas piadas (conforme descritas no primeiro volume).

Leia livros que abordem a história da comédia para uma visão compreensiva das tendências humorísticas. Para quem lê em inglês, um bom livro é *Encyclopedia of 20th Century American Humor*, de Alleen Nilsen e Don Nilsen.*

Nunca pare de escrever.

ESTABELECENDO UM PERSONAGEM COM QUEM O PÚBLICO SE IDENTIFIQUE

Se seu personagem não puder ser reconhecido imediatamente, sua apresentação já começou mal das pernas. Geralmente, não há tempo

* N.T.: Para uma análise das tendências humorísticas nacionais, procure nos sebos por *Moderna sátira brasileira*, de Malcolm Silverman. Para uma análise histórica, *A alegre história do humor no Brasil*, por Jota Rui.

para construir um personagem no seu primeiro encontro com o público. A comédia exige que os risos venham nos primeiros parágrafos ou dentro dos primeiros 30 segundos.

Para fazer com que o público sinta-se mais seguro, o apresentador deve eliminar qualquer ameaça de intimidação. A aparência submissa de Woody Allen, as roupas esquisitas de Emo Philips, as vozes esganiçadas de Jerry Lewis, Pinky Lee e o Pee-wee Herman de Paul Reubens foram todos elaborados cuidadosamente para permitir ao público uma sensação de superioridade. Imagine a diferença de percepção se Ellen DeGeneres começasse a usar terno e gravata e fizesse piadas sobre as corporações americanas.

> A mente faz truques com a gente. Mas aí a gente faz truques de volta! É como desembaralhar um imenso suéter de tricô que alguém fica tricotando e tricotando e tricotando e tricotando e tricotando e tricotando...
>
> **– Pee-wee Herman**

Já que temos uma tendência de simpatizar com quem está por baixo, os apresentadores geralmente tentam fazer o público interessar-se por eles por meio de um discurso sobre seus infortúnios. Mas sempre existe o perigo da falta de respeito levar ao desrespeito.

Tendo encontrado seu personagem é preciso não sair do personagem. Durante uma das competições anuais do Festival Internacional de San Francisco de Comédia *Stand-up*, Jon Fox, um coprodutor, relatou que, depois de Charles Cozart vencer uma série de rodadas preliminares com uma paródia de um militante negro, vários de seus concorrentes insinuaram que ele não era versátil o bastante para fazer outro tipo de material. Cozart aceitou o desafio e na próxima rodada fez uma apresentação completamente diferente. Infelizmente, seus detratores tinham razão. Ele se queimou, terminando em último lugar.

> Os humoristas, como grupo, são um bando de neuróticos. Muitos são imaturos e autocentrados, inseguros, e houve época em que pelo menos três dos mais engraçados eram comprovadamente desequilibrados emocionais.
>
> **– Steve Allen**

A caracterização pode ser obtida ou acentuada usando uma, ou uma combinação, das seguintes coisas:

1. figurino
2. adereços
3. voz
4. aparência física

Figurino

Um figurino farsesco é certamente uma das maneiras mais visuais de assinalar para o público que o apresentador não representa uma ameaça. É a primeira coisa em que o público repara... quer dizer, depois de repararem se o apresentador é homem ou mulher, e isso está ficando cada vez mais difícil.

A fim de parecerem tolos e não ameaçadores, os bobos da corte da Idade Média usavam chapéus pontudos, em formato de sino; calças e camisas picotadas; sapatos grandes e bicudos, e portavam um cetro ou uma varinha. Mesmo hoje, calças muito largas indicam um personagem cômico. Só um tolo veste-se assim.

Um escoteiro é um menino que se veste como um idiota. Um chefe de escoteiros é um idiota que se veste como um menino.

Hoje, os palhaços mantêm a mesma tradição do arlequim. Os mímicos, quer estejam nas ruas ou no palco, têm um figurino estabelecido: cartola, rosto pintado de branco com lábios em vermelho, malha preta e sapatos pretos sem sola. O seu figurino é tão tradicional que pode-se avistá-lo à distância: Perigo – Mímicos à frente!

O figurino despropositado do vagabundo de Charles Chaplin, que exibia um bigode de escova de dentes, um chapéu coco, calças imensas e sapatos gigantescos, e que sempre carregava uma bengala fina, era "uma figura totêmica de tamanha simplicidade enganosa que pode ser interpretada imaginariamente por todo mundo", escreveu Luc Sante. Chaplin levou vários anos para elaborar um personagem que fosse desafortunado porém gracioso; peralta porém cavalheiresco. Sob muitos aspectos, o vagabundo era um descendente de Peter Pan. Provocava lágrimas além de risos.

Eu não tinha nenhuma ideia de como seria o personagem. Mas, no momento em que me vesti, as roupas e a maquiagem me fizeram sentir como era aquela pessoa. Comecei a conhecê-lo, e quando entrei no palco ele tinha nascido.

– Charlie Chaplin

Um bigodão preto era um símbolo cômico nos filmes pastelão de Ben Blue (entre outros) e o bigode pintado era a marca registrada humorística de Groucho Marx.

Steve Martin, depois de escrever piadas para os Irmãos Smothers por várias temporadas, decidiu tentar o palco ele próprio. Originalmente fez papel de um sujeito chato, mas nos primeiros dois anos não se deu bem no circuito da comédia adulta. Somente depois que passou das tiradas inteligentes para o humor esculhambado e recriou seu personagem como um maluco metido a besta, num terno branco, sapatos brancos e flecha atravessando a cabeça, encontrou seu público entre os universitários.

Eu acredito que o entretenimento pode ter aspirações a ser arte, e pode se tornar uma arte, mas, se seu objetivo for fazer arte, você é um idiota.

– Steve Martin

A marca registrada de Robin Williams é uma camisa havaiana estampada. Lily Tomlin sempre usa calças pretas e blusas manchadas de cores. Seus personagens – militantes feministas buscando vida inteligente ("Sou contra a guerra, mas se não fosse pelas lojas de roupas militares eu não teria nada para usar") – não lhe permitiriam usar vestidos ou coisinhas rendadas.

Adereços

Adereços marcantes vão desde o cigarro no canto da boca de Denis Leary ao baú de artefatos ridículos de Carrot Top e a marreta e melancia de Gallagher. O charuto, nariz, bigode e óculos de Groucho Marx são mais usados como um símbolo da comédia do que a tradicional máscara de palhaço.

Groucho para caloura de televisão:
– Me diga, senhora O'Leary, quantos filhos a senhora tem?

– Tenho 14, Groucho.
– Mas por que tantos?
– Bem, eu amo meu marido.
– Eu amo meu charuto também, mas tiro ele da boca de vez em quando.

George Burns comentou: "Uso meu charuto como um instrumento de *timing*. Quando conto uma piada, fumo enquanto durarem os risos. Quando param de rir, tiro o charuto da boca e começo a próxima piada".

Voz

A voz é certamente o instrumento físico mais óbvio para exprimir um personagem. Em alguns roteiros, as palavras são escritas sobre pautas com notas indicando o tom. Inflexões vocais, do cacarejar malicioso às lamúrias nasais, indicam características pessoais que não estão evidentes fisicamente.

O tom certo pode transmitir burrice, raiva, elegância, herança regional e mesmo a etnia do personagem. Nos EUA, por exemplo, existem cinco sotaques regionais principais: o de Nova Iorque, o da Nova Inglaterra, o do Sul, o das Montanhas Apalachianas e o do Oeste. Além destes, o país é rico em sotaques étnicos, como o dos negros, judeus, hispânicos, italianos e indígenas. E, por fim, existe a voz específica do personagem: o homossexual, o capiau, o gângster... e inúmeros outros. Enquanto o humor que carrega nos dialetos está se tornando raro a nível nacional, o humor de personagens usando sotaques regionais, com suas pausas e gramáticas específicas, é mais popular do que nunca.

Aparência física

Alguns comediantes, como John Candy e Jackie Gleason, tinham caras tão engraçadas que as pessoas riam só de ver suas caretas. Buster Keaton, com seu rosto impassível, aprendeu cedo que o público o adoraria mais ainda se reagisse passivamente a cada maldade pastelão que o pesado fazia com ele.

Nenhum homem pode ser um gênio com um boné de abas e sapatos de palhaço.

Mas a vaidade cosmética matou muito do humor. Phyllis Diller passou anos ridicularizando o seu rosto; seu cabelo parecia, de propósito, como se tivesse enfiado um dedo na tomada. Poderia ter interpretada a bruxa do *Mágico de Oz*... e sem maquiagem. Um dia fez uma plástica e daí em diante teve que se concentrar em roupas de cores exageradas. Era mais engraçada quando parecia mais engraçada. Jack E. Leonard era tão grande que era conhecido como "Jack Gordão". Aí veio um ano em que fez uma dieta pesada e perdeu 75 quilos. Morreu como humorista: tinha eliminado a sua graça.

> Sim, eu estou mesmo acima do peso. Na verdade, é devido à retenção de líquidos. Agora mesmo, estou retendo o Lago Erie. Uma vez eu fui à praia, levei duas arpoadas e 14 sujeitos tentaram me arrastar para dentro do mar. As calças que compro têm tantos Gs que não cabem na etiqueta.
>
> **– Billy Elmer**

Se você for olhudo (ou se seu cliente tem olhos grandes) faça com que trabalhem a seu favor, como fizeram Marty Feldman e Carol Channing, nos anos 70, e Eddie Cantor, nos anos 30. Woody Allen transformou seus óculos em parte do personagem, especialmente nos filmes.

O apresentador deve ser franco, além de se sentir confortável com o personagem. Maquiagem e iluminação podem mudar aparências. Figurinos e adereços podem acentuar a caracterização: os óculos de Tina Fey representam a apresentadora de televisão séria. Mas muitas coisas são quase impossíveis de serem alteradas: idade, cor da pele, altura, e o fato de ser homem ou mulher (ou ambos). Portanto, a longo prazo, sua personalidade deve coexistir com seu personagem.

Humoristas iniciantes fazem bem ao experimentarem diversos personagens antes de se firmarem com algum. E é aí que o trabalho verdadeiro começa.

É HORA DO ESPETÁCULO

Todos os seriados de sucesso precisam ter personagens bem definidos. E o público deve conhecê-los intimamente. Durante mais de dez anos Monica, Chandler, Ross, Joey, Rachel e Phoebe nunca se desviaram de suas personas em *Friends*. Assista a vários seriados e desenvolva uma análise dos personagens principais.

OS MACETES DO OFÍCIO

Existem vários recursos que os humoristas de *stand-up* usam para enriquecer suas apresentações. Quer precise de algo para manter a plateia rindo ou para reagir a uma interrupção repentina, um bom comediante deve estar sempre preparado. Eis algumas das técnicas utilizadas comumente nos monólogos e esquetes.

Arrematas

Fazer com que o público ria de imediato é como empurrar um caminhão atolado na lama. Exige muito esforço e um bocado de sorte, e, se começar afundando o pé no acelerador, as rodas vão ficar girando sem apoio. Primeiro, você tem que balançar o caminhão (seu público) para lá e para cá até que as rodas peguem. Aí, à medida que o peso avança, tem que manter o caminhão no embalo com um *timing* de microssegundos. Se der certo, é só subir na boleia e seguir em frente.

Um macete popular para manter o riso embalado é o arremate, uma piada que arremata o que foi dito numa piada anterior. Essencialmente, é uma segunda frase, disparada quando o público pensa que a piada já terminou. O arremate surpreende com um rabicho ainda mais engraçado. O macete é criar uma onda contínua de risos. Espere até que os risos caiam para um terço ou metade do seu volume máximo e aí entre imediatamente com o arremate.

Vou te contar o que gosto no povo chinês. Eles não abrem mão dos pauzinhos. Claro que já viram garfos. Insistem com os pauzinhos.

Não sei como não perceberam. Todo dia indo mexer a terra com suas pás. Não é possível. Pá. Colher. Não dá pra arar 50 alqueires com dois tacos de sinuca.

– Jerry Seinfeld

Os redatores de Jack Benny usaram esse recurso frequentemente, porque o personagem sovina de Benny era tão forte que uma gargalhada surgia com cada referência. Aqui, Benny usa um arremate num diálogo com um mendigo que pedia dinheiro.

BENNY: Tome uma moeda. Vá comprar sapatos.
MENDIGO: Com centavos? (riso ligeiro, seguido por uma pausa)
BENNY: Vai precisar de cadarços, não vai?

Os arremates podem também ser usados em várias das combinações humorísticas que discutimos no primeiro volume. Por exemplo, eis uma tentativa de construir um arremate com um triplo.

PERGUNTA: Conhecem a definição de famoso?

PRIMEIRO HOMEM: Claro, famoso é quando sou convidado para a Casa Branca para ter um encontro pessoal com o presidente.

SEGUNDO HOMEM: Não, famoso é quando sou convidado para a Casa Branca, o telefone toca, e o presidente o ignora.

TERCEIRO HOMEM: Não, famoso mesmo é quando o presidente atende o telefone, ouve por um instante e então diz: "É para você".

– Robert Orben

A comédia deve ser escrita de modo que cada piada numa série seja mais engraçada do que a anterior. Quando a apresentação estiver pronta, as piadas devem ir ficando cada vez mais curtas. Pode-se também manter o embalo dos risos com ações físicas. Quando a plateia continua rindo, é o equivalente de sair driblando desde o meio de campo até entrar com a bola no gol.

AS MELHORES RESPOSTAS PARA AS MELHORES PERGUNTAS

QUAL É O SANTO GRAAL DA COMÉDIA AO VIVO?

A cerimônia anual do OSCAR, um dos especiais de TV com maior audiência, exige que um comediante seja o mestre de cerimônias, não pelos maçantes que comparecem, que se sentem superiores demais para rirem de um intruso, mas pelo milhões de espectadores de cultura *pop* que estão recebendo discursos tediosos de agradecimentos feitos por atores, diretores e produtores (que improvisam pateticamente gracejos de depreciação obrigatórios). Uma das primeiras missões dos produtores do espetáculo é encontrar um apresentador cujo humor tem apelo para os jovens, a plateia atual e futura do cinema americano.

Recentemente, a produção passou a apresentar "aristocratas" do humor, como Chris Rock e Whoopi Goldberg, ambos especialistas num humor grosseiro sobre temas irreverentes. Infelizmente, suas estocadas obscenas prestaram um desserviço ao humorismo. Levaram os neófitos a acreditar que a comédia não é realmente a construção de um estilo e sim uma torrente de peidos verbais em microfones amplificados. Mas aqueles que pensam que os palavrões são peças fundamentais na construção do humor estão fodidos.

A piada recorrente

Uma piada recorrente é uma frase que é dita no início de um monólogo e depois vai sendo repetida para impulsionar outras piadas espalhadas pelo texto. A piada recorrente de Milton Berle era o da maquiagem. Toda vez que Berle gritava "Maquiagem!" um homem entrava no palco correndo e o acertava na cara com um POWDER PUFF gigantesco. Yakov Smirnof, humorista nascido na Rússia, usou a piada recorrente em várias de suas histórias.

Logo depois que cheguei aos EUA, fui ao Tennessee. Lá estão sempre conferindo a sua audição. Ficam dizendo: "Ei, não some não, ouviu?" Posso ouvir perfeitamente. Aí um fazendeiro me aprontou uma pegadinha. Me pediu para tirar leite do touro. Agora, tirar leite de um touro é ganhar um amigo pelo resto da vida. O touro corria pelo pasto berrando: "Ei, não some não, ouviu?"

Uma das piadas recorrentes mais famosas era aquela de Jack Benny sobre a sua sovinice. Passou anos repetindo a piada cujo cerne era uma longa pausa depois da exigência de um assaltante:

- A bolsa ou a vida?!

Finalmente, o assaltante perguntava:

- E aí?

E Benny respondia:

- Calma, tô pensando.

A referência

Uma referência é um retorno a algo que foi dito antes num monólogo ou esquete. A coisa referida geralmente é uma piada anterior, mas os comediantes de *stand-up* muitas vezes usam referências depois de interagirem com a plateia. O nome de um integrante da plateia pode ser inserido numa piada posterior. Para uma referência funcionar o intervalo entre a citação original e a menção posterior deve ser relativamente curto. Pode-se repetir as referências (mas nunca mais do que três vezes, é claro). O público gosta de referências, porque as informações repetidas fazem com que ele se sinta parte de uma experiência em comum com outras pessoas.

O salva-vidas

O salva-vidas é uma frase usada para salvar o humorista quando a piada é um fiasco. Johnny Carson usava muito o "Eu sabia que essa piada não ia dar certo". Outros exemplos de salva-vidas: "Esta é a última vez que compro uma piada do [o presidente da agremiação ou autoridade máxima presente]" ou "Desde quando vocês se transformaram em membros de um júri?". Os redatores de humor precisam preparar uma mala cheia de salva-vidas para seus clientes. A hora mais perigosa é quando a mala fica vazia.

Existem também frases salvadoras para quando uma apresentação é interrompida por eventos imprevistos... os quais nenhum apresentador profissional pode deixar de prever.

Um avião passa voando: Espero que seja um dos nossos.

Sirene de polícia: Já vieram me buscar.

Acaba a luz: Liga pra companhia de energia elétrica e avisa que eu já paguei a conta.

Alguém entra depois de a apresentação ter começado: Tudo bem. Vou te dar um resumo do que você perdeu.

Homem ou mulher atraente entra depois de a apresentação ter começado: Pensei que tivesse pedido para você me esperar na cama.

Tropeçando e caindo no palco: Gosto tanto desse lugar que faço questão de beijar o seu chão.

A pior coisa que um apresentador pode fazer quando está em cena e ocorre uma emergência é reclamar publicamente. Um humorista deve aliviar a tensão, não causá-la.

Trocando uma piada

Woody Allen considerava a troca de componentes entre piadas como o maior dos *non sequitur* (a justaposição de dois elementos ilógicos). O humorista começa com uma história familiar e aí reverte (ou troca) o final. Isto é uma técnica popular, pois pega o público de surpresa... especialmente se não for utilizado demais.

Sempre levava uma bala no bolso da frente do paletó. Alguém atirou uma bíblia nele e a bala salvou a sua vida.

– Woody Allen

Tabelinha com a plateia

Bater uma bola com a plateia é uma técnica de auditório que demanda habilidades raras. O apresentador mistura-se ao público e faz perguntas, respondendo com sequências insultuosas porém brilhantes que independem da resposta do alvo. As plateias adoram isto pois o humor é feito às custas de outra pessoa. A tensão aumenta: e se ele vier falar comigo? Há outros que não se importam de serem insultados, contanto que sejam o centro das atenções.

Embora difícil, o diálogo com o público pode ser desconstruído como os truques de um mágico. O apresentador deve deter o controle em todos os momentos, somente fazendo perguntas ou piadas com pessoas para os quais já tenha material preparado. As perguntas abordam temas gerais: profissões, cidades natais, as roupas que usam, estado civil e tamanho da família. Assim, as respostas podem ser previsíveis. Há um número predeterminado de profissões, cores de cabelo ou regiões do país. Mesmo as idades das pessoas podem ser categorizadas.

A tabelinha com a plateia pode ser perigosa, pois vai de encontro à regra que aconselha a não ameaçar o seu público, de modo que esse tipo de apresentação de improviso requer bastante prática, e deve ser roteirizado cuidadosamente pelo redator e pelo apresentador. O material deve ser testado repetidamente em situações análogas à apresentação.

> Adoro o pavor profundo quando sobe a cortina. Nunca acho que eu esteja totalmente preparado.
>
> **– Howie Mandel**

Uma versão rasteira dessa técnica usa a plateia como um coro grego.

> APRESENTADOR: Olha só, toda vez que eu fizer uma pergunta vocês gritam "Não, porra!"
> Plateia: Não, porra!
> APRESENTADOR: Estão gostando do espetáculo?
> Plateia: Não, porra!
> APRESENTADOR: Eu sou seu humorista favorito?
> Plateia: Não, porra!
> APRESENTADOR: Vão comer alguém hoje à noite?
> Plateia: Não, porra!
> APRESENTADOR: Gente, mas isso tava na cara!

É HORA DO ESPETÁCULO

A única maneira de realmente entender a dinâmica especial das apresentações ao vivo é apresentar-se ao vivo. Muitos clubes de comédia ou casas noturnas têm noites em que os microfones estão abertos para os amadores. Descubra locais que ofereçam essa oportunidade em sua cidade, e então crie e apresente um monólogo de cinco minutos. Mesmo que não tenha planos de tornar-se um comediante de *stand-up*, essa experiência ajudará você a compreender melhor como escrever para outros se apresentarem.

AS MELHORES RESPOSTAS PARA AS MELHORES PERGUNTAS

POR QUE UMA APRESENTAÇÃO É GENIAL NUM DIA E UMA PORCARIA NO OUTRO?

Alguns psicólogos atribuem a fatores externos a imensa variedade de respostas que podem ocorrer a piadas idênticas com plateias diferentes. A regra é: nunca se consegue hipnotizar ou fazer rir alguém que não esteja disposto a isto. Fatores externos como o mau tempo, notícias ruins (calamidades públicas ou ataques terroristas) ou irritações físicas temporárias (o ar condicionado deixou de funcionar, a apresentação começou com atraso) aumentam a tensão na plateia, sobrepujando o desejo inicial dela de tirar férias da realidade. Nenhum apresentador quer encarar uma plateia que o desafie a alterar bruscamente seu estado de espírito.

O MARKETING: VENDER SEU MATERIAL ESCRITO PARA COMEDIANTES DE *STAND-UP*

A maioria dos humoristas estabelecidos só trabalham com profissionais *freelancer*... e um profissional *freelancer* é definido não como alguém que é engraçado, mas como alguém que ganha a vida sendo engraçado consistentemente. Enviar o seu material para humoristas de nome não é uma perda de tempo, pois somente um tolo se recusa a olhar para um material novo. Se for bom, certamente há uma chance de que seja comprado, mas não é fácil vender dessa maneira.

Alguns humoristas temem que colaboradores desconhecidos lhe enviem material que não seja de sua autoria. Embora piadas não sejam protegidas por direitos autorais, qualquer um pode entrar com um processo por apropriação indébita de material. Até que um humorista confie em você como autor, você não terá muita saída. Uma maneira de promover essa confiança é não desperdiçar o tempo do humorista enviando-lhe material que ele não possa utilizar.

A maioria dos redatores iniciantes temem também que roubem o seu material. Às vezes isso chega a acontecer, mas não é tão frequente quanto se imagina. Os humoristas querem estabelecer fontes confiáveis de textos humorísticos, não ficar com uma piada apenas. Buscam estabilidade além de qualidade, redatores que possam produzir hoje, amanhã e na próxima semana.

Vender uma piada é algo que ficou no passado; ninguém compra piadas avulsas, a não ser a revista *Seleções.* Mas formatos que se repetem como a Lista dos Top Ten de David Letterman são o sonho de um *freelancer* (esse formato, que Letterman tanto lutou para levar consigo na sua mudança da emissora NBC para a CBS, lhe foi submetido por um redator *freelancer* do estado de West Virginia).

A melhor estratégia para vender o seu material é começar localmente, em sua cidade. Passe a frequentar os locais onde humoristas se apresentam. Assista às apresentações, depois procure encontrar esses empresários e humoristas num bar ou local que frequentem. Não tente empurrar seu texto para cima das pessoas de imediato. Vá sentindo qual o tipo de material que cada humorista utiliza, e, eventualmente, pergunte se poderia avaliar o seu trabalho, e, se possível, levá-lo em consideração. No início, o pagamento pode não ser grande coisa, mas em termos de experiência o valor será incalculável.

Descubra se existe alguma associação ou grupo formado por humoristas em sua cidade. (Nos EUA, por exemplo, a maioria dos humoristas, tanto os iniciantes quanto os já estabelecidos, são filiados à American Guild of Variety Artists.) Descubra também se produtores ou os administradores dos locais onde humoristas se apresentam estariam dispostos a colocá-lo em contato com algum humorista específico a quem gostaria de oferecer o seu material. Concursos de textos de humor podem ser também uma boa maneira de mostrar o seu trabalho.

Quando enviar o seu material a alguém, mande uma coleção de piadas ou monólogos, nunca apenas um item só. Se o humorista ou apresentador encontrar algo de que goste, pode ser que queira testar isto com alguma plateia antes de adquiri-lo. Piadas são como lâmpadas: é preciso testá-las antes para ver se acendem o riso do público.

CAPÍTULO 14
O humor impresso: colunas, artigos e calhaus

O humor é como uma espada de borracha: pode-se atacar as pessoas sem que elas sangrem.

– Mary Hirsch

Os editores de revistas e jornais estão exigindo mais leveza de suas publicações. Mesmo em matérias de não ficção, preferem aliviar a leitura através do humor. Sabem que existem poucas histórias novas, então buscam maneiras novas de contar histórias antigas. Reconhecem também que os leitores querem mais humor. As pesquisas mostram que os dois conteúdos editoriais mais populares de um jornal são ambos humorísticos: a *charge* e as colunas de humor. E em revistas como *Seleções* praticamente todas as colunas são de humor.

Escrever uma coluna de humor é bem melhor do que qualquer trabalho honesto. Deixa as manhãs livres para outros projetos, como dedicar seu tempo aos livros raros. No meu caso, é raro eu ler um livro.

– Art Hoppe

O humor impresso é redigido de forma diferente da do humor ao vivo. Este capítulo descreverá técnicas de redação de humor para colunas, artigos e mesmo o calhau (textos que as publicações aproveitam para preencher os buracos em sua paginação). Outras formas de humor impresso, como *sites* de internet, adesivos de automóveis, camisetas e biscoitos da sorte também serão discutidas.

COLUNAS

Muitos consideram as colunas e as crônicas dos jornais como sendo mais literatura do que jornalismo, mas os repórteres sonham em ter suas próprias colunas. - Se a coluna em jornal é a terra da Utopia - definiu Ed Cohen, o escritor - então a coluna de humor é a sua capital.

A coluna de humor é um palanque de onde escritores espertos podem discorrer sobre seus pontos de vista. O humor permite que se posicionem quanto a questões de maior e de menor importância. Algumas das matérias mais controversas começam como textos de humor.

Bob Greene era um ávido consumidor de Coca-Cola e, quando a Coca quebrou uma tradição de 93 anos e mudou sua fórmula, o autor escreveu uma coluna de humor indignada exigindo que Coca-Cola voltasse com a fórmula antiga. Pensou que seu desabafo impresso não teria mais impacto do que a charge costumeira. Mesmo ele ficou surpreso quando seu artigo ajudou a transformar um protesto nacional em bola de neve, e a revolta popular forçou a Coca-Cola a trazer a velha fórmula de volta, com o nome de Coca-Cola Clássica.

Frequentemente, os colunistas são descobertos ao escreverem para alguma outra seção de um jornal, temperando suas matérias com molhos humorísticos. Erma Bombeck começou como redatora de obituários para o *Dayton Journal Herald*. Em 1963, convenceu os editores a lhe darem sua própria coluna. (Recebia três dólares por cada texto, mas alegava que na verdade valiam o dobro.)

> Qualquer pessoa pode provocar as lágrimas do público. Isso é moleza. É 20 vezes – não, 50 vezes – mais fácil fazer as pessoas chorarem do que rirem.
>
> **– Erma Bombeck**

Por muito tempo, as duas colunas mais populares na imprensa americana foram as colunas de conselhos sentimentais publicadas sob os nomes fictícios de Abigail Van Buren e Ann Landers, ambos lidos tanto pelo seu humor quanto pelos seus conselhos. E por muitos anos, quase tão populares foram os quatro Bs: Erma Bombeck, Art Buchwald, Russell Baker e Dave Barry.

A única coisa para a qual eu era talhado era ser um escritor, e essa noção baseava-se unicamente na minha desconfiança de que eu nunca serviria para qualquer trabalho de verdade, e que escrever não dava trabalho nenhum.

– Russell Baker

Nos EUA um colunista típico publica três textos por semana. As colunas de humor têm uma média de 450 palavras e raramente passam de 600. Os colunistas de humor não podem usar a desculpa--padrão dos repórteres: que as notícias estavam fracas naquele dia. O resultado disso é que se concentram frequentemente na cobertura daquilo que conhecem melhor: eles mesmos. As colunas de humor geralmente têm uma sobrevida: as colunas de Bombeck foram publicadas em vários livros *bestsellers*, como *The Grass is Always Greener Over the Septic Tank* (A grama é sempre mais verde sobre a fossa).

Alguns colunistas escrevem em rimas, virando o seu texto pelo a--verso! Esta quadrinha escrita por Don Marquis, intitulada "Nada de mais", refere-se à sua coluna de humor.

Eu não escrevo em verso ou rima
Só vou empilhando palavras em cima
Vejo em dicionários seu significado
E deito as palavras lado a lado.

Russell Baker ridicularizou o Imposto de Renda com uma "Oração do Contribuinte", paródia no formato de texto bíblico.

Ó Imposto de Renda poderoso, tu que transformais a labuta do homem em cinzas, nós te agradecemos pela multidão de tuas formas que tu colocaste diante de nós e pela infinita confusão de teus mandamentos que multiplicam as fortunas de advogados e contadores.

Seja em verso ou em prosa uma coluna de humor pode ser escrita em cinco formatos.

1. a anedota
2. a piada de uma frase
3. o exagero

4. as entrelinhas
5. a verdade irônica

A anedota

O humor impresso demanda um toque mais leve do que o humor verbal. De acordo com Roy Paul Nelson, em seu livro *Articles and Features*, um toque mais leve significa um estilo mais relaxado de escrever... mas não relaxado no sentido de relapso. Os editores, ao rejeitarem artigos, geralmente mencionam que o autor poderia ter lançado mão de anedotas para ilustrar suas generalizações. Generalizações ocorrem quando se aplica a algo ou alguém adjetivos como *frugal, durão, genial e tesudo.*

Existem dois tipos de anedotas: a) um miniconto de um parágrafo, consistindo num humor simples e b) um conto curto, que raramente passa de três parágrafos. Ambos os tipos dão vida a qualquer texto e podem vir antes ou depois de uma generalização.

Todas as anedotas devem:

1. soar como verdadeiras, ou serem pelo menos realistas
2. retratar uma situação comum
3. abrir com uma frase que chame a atenção
4. terminar com uma breve resposta brilhante

Eis exemplos de uma anedota curta e uma anedota longa. Observe como ambos têm as características mencionadas acima.

ANEDOTA CURTA

Atualmente, se fizer uma pergunta simples para uma criança, é bom estar preparado para uma resposta bastante sincera. Eu estava tomando conta da minha netinha de seis anos e, quando nos sentamos para jantar, perguntei:

– Nyika, na sua casa vocês rezam antes de cada refeição?

E ela disse:

– Não, vovô, a gente não precisa. Mamãe cozinha muito bem.

ANEDOTA LONGA

Ontem ao andar pelo *campus* vi um de meus alunos cegos, Troy, sendo levado por seu cão-guia até o portão da universidade.

Segui ele de perto porque estava curioso para ver como o cão iria atravessar com ele em segurança até o outro lado da rua.

Pararam numa esquina movimentada quando o sinal fechou. Aí, assim que o sinal abriu para eles, o cão levantou a perna e mijou na calça de Troy.

Olhei estupefato quando Troy curvou-se, chamou o cão pelo nome e acariciou a sua cabeça. Aí enfiou a mão no bolso, tirou um biscoito e colocou na boca do cachorro.

Não pude deixar de dizer:

– Troy, isso foi a coisa mais caridosa que eu já vi.

– Caridoso o caralho – retrucou Troy. – Só queria descobrir onde ficava a cabeça dele para eu poder lhe dar um chute na bunda.

– Mel Helitzer

Por último, é mais importante as anedotas serem engraçadas do que serem verídicas. Os escritores ocultam fatos e editam histórias reais a fim de guardarem o desfecho para o final. Quando as histórias são inventadas, os leitores não devem ser avisados com frases como "Este é um caso apócrifo, mas..." (Mesmo porque poucos conhecem essa palavra.)

Algumas anedotas são obviamente fictícias, outros podem precisar de uma ressalva. (Mas se começar com "Um dia, Deus, Jesus e Moisés estavam jogando golfe" a ressalva já estará implícita.)

Três juízes de futebol estavam discutindo. Disse o primeiro:

– Eu apito as faltas exatamente como acontecem – (Este homem era um objetivista.)

Disse o segundo:

– Não tenho como fazer isso. Apito as faltas da maneira como as vejo – (Este homem era um subjetivista.)

Mas o terceiro tinha ideias próprias:

– Elas não são faltas até que eu as apite – (Ele era um existencialista.)

– Nels F.S. Ferre

É só uma frase

As tiradas, ou piadas de uma frase, são a espinha dorsal da redação de humor. No humor impresso, tais piadas dão uma injeção de humor sem desviar a atenção do conteúdo do artigo ou da coluna.

É importante lembrar que uma piada é construída de maneira diferente para uma página impressa e para uma apresentação oral. As colunas e os artigos de jornal usam uma porcentagem alta de aforismos inspirados por chavões. A página impressa também permite um maior uso de trocadilhos e palavras de duplo sentido, porque os homônimos podem ser compreendidos melhor por escrito.

Aquela congregação era tão pão-dura, tão pão-dura, que o pastor foi obrigado a adotar um sistema de rodízimo.

Nas crônicas e nas páginas de opinião encontramos uma série de trocadilhos e palavras de duplo sentido. Os trocadilhos também são o feijão com arroz das manchetes e legendas de fotografias. Quando foi descoberto um esquema de corrupção envolvendo deputados e a indústria pesqueira, os editores de jornal e os fabricantes de camisetas fizeram a festa: "Políticos corruptos querem robalo". E quando um automóvel de luxo se arrebentou numa cratera, do Ohio até o *South China Morning Post* de Hong Kong foi publicada uma foto com a legenda: "*The hole truth – Mercedes bends*".*

Um colunista habilidoso pode transformar uma piada comum de uma frase numa observação que dê o que pensar, seja sobre a vida, sobre crianças, maridos, e mesmo esportes. Erma Bombeck recheava a sua coluna "*Wits End*" com tiradas inteligentes que são tão afiadas hoje quanto no tempo em que as escreveu.

Não acho que as mulheres vivam mais do que os homens; é que para elas parece durar mais.

Não há nada mais miserável no mundo do que chegar no paraíso com a aparência da sua fotografia na carteira de identidade.

Nenhuma mãe que se preza esgotaria seu repertório de recomendações na véspera de um feriadão.

Antes de tentar competir com seus vizinhos, verifique se eles não estão tentando competir com você.

Os homens, quando vão a um jogo de futebol, entram num estádio de infantilidade.

---

* N.T.: "Toda a verdade – uma Mercedes empena", mas fazendo trocadilhos entre as palavras *hole* (buraco) e *whole* (toda); e entre *bends* (empena) e *Benz* (a marca do automóvel).

O colunista Dave Barry é o rei das observações incisivas.

O karatê é uma forma de artes marciais onde as pessoas que passaram por anos e anos de treinamento podem, usando apenas as mãos e os pés, fazer alguns dos piores filmes da história do cinema.

A vida é aquilo que morre quando se pisa em cima.

Adquirir o computador certo e fazer com que funcione corretamente não é mais complicado do que construir um reator nuclear com peças de relógio num quarto às escuras, usando apenas seus dentes.

Sempre coloquei que, não importa quantos zilhões de dólares o governo federal nos custe, sempre recebemos isto e muito mais como retorno em termos de entretenimento de qualidade.

O exagero

Rusell Baker é um cínico que vê o mundo como ele é, ao invés de como deveria ser. Em sua coluna *"An Idea That Must Be Unfolded Now"* ("Uma ideia que precisa ser exposta agora"), Baker utilizou o exagero para contar uma de suas primeiras piadas que fizeram sucesso:

É um padrão que todos nós conhecemos. Se você sai para trabalhar num dia de chuva e procura o seu guarda-chuva pela casa, não consegue encontrá-lo. Foi para o seu escritório. Se tiver ido trabalhar num dia de sol, mas começa a chover no final da tarde, e você procura o seu guarda-chuva pelo escritório, onde está o seu guarda-chuva? Sumiu. Foi para casa.

Outro exemplo de exagero foi a metralhada de Baker sobre o concurso de Miss América, a cerimônia do Oscar e a grande final do campeonato de futebol americano como sendo três rituais religiosos dos americanos.

São completamente chatos, sem sentido, não querem dizer nada, e não importa o que aconteça não fazem a mínima diferença para os acontecimentos do dia seguinte. Mas, quando acontecem, o país inteiro se junta numa espécie de grande quermesse nacional.

– Russell Baker

As entrelinhas

No humor nas entrelinhas, a graça está não só no que está escrito, mas também no que se depreende do texto sem que esteja escrito. O humor irônico de Art Buchwald é de tamanha contenção que o leitor desatento pode pensar que está falando sério. Depois que o procurador da república americana publicou um relatório recomendando ações contra a pornografia, Buchwald escreveu:

> Quero me oferecer como voluntário. Uma de minhas maiores fantasias tem sido a de censurar revistas e colocar na cadeia aqueles que as vendem... Minhas qualificações? Li muitas das revistas que a comissão contra a pornografia considera questionáveis. Depois, sei exatamente onde os jornaleiros colocam nas bancas tal material de leitura... Tenho realizado várias tentativas de buscas desde a publicação do relatório. Sei como distinguir a literatura sem conteúdo elevado, bem diferente das revistas que querem apenas provocar uma emoção passageira.

AFIANDO A PONTA DO LÁPIS

O legado de Erma Bombeck continua através da Oficina de Redatores Erma Bombeck, que acontece a cada dois anos na Universidade de Dayton, no estado de Ohio. Esta conferência visa a profissionais de redação de humor e oferece oficinas realizadas por humoristas famosos. O seu *site* – www.humorwriters.org – é um local útil para a redação de humor, com artigos, *links*, dicas de *marketing* e concursos de redação.

É HORA DO ESPETÁCULO

Escolha uma das cinco técnicas descritas acima para a redação de colunas humorísticas e escreva uma com 500 palavras. Ao escrever o texto, fale sobre um assunto, não sobre você mesmo.

ARTIGOS

Quando se escreve uma piada, o objetivo é ser engraçado. Quando se escreve um artigo humorístico, o objetivo é informar e educar as pessoas de uma maneira engraçada. O uso do humor é apropriado em qualquer das duas situações expostas a seguir.

1. O TEMA DO ARTIGO É UMA PESSOA CONHECIDA PELO SEU HUMOR. Isto faz com que o conteúdo humorístico no seu artigo seja quase obrigatório. O truque ao escrever um perfil de um humorista é evitar as tentativas de ser mais brilhante do que o retratado, forçando o seu próprio material de humor no artigo. Isto é ainda mais arriscado quando se escreve sobre profissionais de humor que passaram muitos anos aperfeiçoando suas piadas, pois você tem apenas alguns dias para aperfeiçoar as suas. Acabará saindo-se mal em comparação. Use os grandes bordões que o retratado criou. Não os reescreva e não entre em uma competição.

2. O TEMA DO ARTIGO É SÉRIO, MAS PODE SER TRANSFORMADO EM ALGO ENGRAÇADO. Alguns assuntos são engraçados em si: um cachorro que canta junto quando ouve *rock*. Outros são sérios, mas podem ser tratados de maneira humorística: uma velhinha que anda de motocicleta. Obviamente, é mais fácil produzir humor quando o próprio assunto é humorístico, como é o caso do primeiro exemplo. O humor utilizado quando o assunto for sério, porém, deve ser gentil, reconfortante e previsível. Deve exaltar eventos comuns de uma maneira nova. Deve provocar um sorriso de reconhecimento, ao invés de uma estrondosa gargalhada. Seu sucesso deve-se basear na sinceridade dos sentimentos e na clareza do texto.

Mesmo assuntos muito sérios tornam-se mais marcantes quando acrescidos de humor. Nos artigos sérios, o humor funciona melhor na abertura. Pode-se atrair o leitor mais rápido para dentro da história com uma boa anedota. Você encontrará exemplos diários desta técnica nas reportagens dos jornais populares. Uma anedota engraçada também funciona bem como desfecho de uma matéria.

CALHAUS

O termo *calhau,* que tem sua origem no tempo em que os tipos eram compostos à mão, ou no tempo dos linotipos, refere-se ao material que os editores usam para cobrir rapidamente os espaços em branco na diagramação de uma página de jornal ou revista. O calhau pode ser uma piada, uma citação, uma pequena anedota, um anúncio do próprio veículo. Atualmente, os calhaus são mais comuns em revistas como *Seleções* do que nos jornais diários.

Não existe uma fórmula precisa para um calhau. - Um bom calhau - Betty Johnson, ex-editora de *Seleções*, escreveu - é aquele que o leitor vai querer citar ou ler em voz alta para seus colegas - Como a maioria das revistas tem prazo de fechamento com muita antecedência à sua data de publicação, seus calhaus precisam de uma certa relevância e atemporalidade. Uma citação ou anedota criada no passado precisa ter um sentido especial no presente.

Meu pai, um piloto aposentado da Aeronáutica, sempre recheia suas conversas com o jargão da aviação. Eu não percebia o quanto voar significava para ele, porém, até o dia em que ele me mostrou a pasta com o seu testamento e as instruções para seu enterro. Na capa havia escrito: "Liberado para decolagem".

– Cheryl E. Drake

Na revista *Seleções,* diversos secretários de redação fazem uma triagem de todos os calhaus e anedotas. O material humorístico selecionado é lido por pelo menos dois editores antes de ser rejeitado, para que o mau humor de um editor não elimine automaticamente algo que tenha possibilidades mínimas de publicação. Então a revista passa todo o material que esteja sendo considerado seriamente como publicável para um departamento de arquivos onde é checado por sua originalidade. (Um redator iniciante pode arruinar a sua reputação com uma revista ao tentar passar material criado por outros como sendo seu.) Por fim, um departamento de pesquisa checa as fontes originais pela sua veracidade.

Anedotas pessoais são aceitáveis como calhaus mas anedotas sobre pessoas famosas são especialmente desejáveis, porque são os nomes que fazem as notícias (e não o contrário).

Muitas publicações para o público em geral mantêm os tabus contra piadas vulgares, de humor rasteiro e com histórias que ridicularizem os deficientes físicos. Piadas que critiquem outras pessoas são aceitáveis quando o humor reside na esperteza da resposta de quem foi criticado, logo histórias autodepreciativas têm muito mais chances de publicação. Algumas revistas interessam-se também por reproduzir material engraçado de outras publicações e pagam bem aos leitores que o descobrem. A revista *New Yorker* adora republicar erros de digitação e textos curtos que tenham palavreados esquisitos ou duplos sentidos não propositais.

Ao contrário de artigos comuns, geralmente paga-se pelo calhau apenas ao ser publicado. (O que significa que, se seu texto for omitido no último momento por falta de espaço, não receberá nada por ele.) *Seleções* recebe milhares de textos por mês, muitos através de seu *site* (www.rd.com), então não devolvem o material submetido, mesmo se você incluir um envelope selado e endereçado. Se gostarem do seu texto, você terá um retorno dentro de três meses, mas, às vezes, na *Seleções* americana, levam até um ano para dar um retorno a respeito de algum material. Lembre-se disto ao decidir se enviará o material para outra revista. (Se tiver vendido o material para outros, e a revista telefonar para conferir isto, nunca minta. É um jogo que só se ganha uma vez, pois constará para sempre em uma lista negra.)

É HORA DO ESPETÁCULO

Escreva uma carta para o seu jornal local a respeito de alguma controvérsia. É uma das maneiras mais fáceis de ter um texto seu publicado. Lembre-se de que terá mais chances de publicação se usar o humor e seguir as linhas mestras que discutimos nos dois volumes deste livro. Eis um exemplo de uma carta que foi publicada porque usou uma técnica básica de reversão.

Fiquei chocada com as imagens que ilustraram uma reportagem na edição desse mês, com pernas à mostra e bundas de fora. Vocês passaram da conta. Cada lutador de sumô é mais bonito do que o outro!

AS MELHORES RESPOSTAS PARA AS MELHORES PERGUNTAS

COMO DESCOBRIR ONDE SER PUBLICADO?

A chave para vender uma coluna, um artigo ou um calhau é o casamento perfeito entre humor de qualidade com o universo de temas da publicação e com sua faixa de público. Procure adquirir anuários de mídia, que listam os jornais e as revistas de seu país, ou busque na internet *sites* que tenham essas listagens, junto com os dados da redação das publicações. Procure saber mais sobre cada uma, identificando aquelas que combinem com suas áreas específicas de interesse e que se mostrem abertas para a publicação de material de colaboradores avulsos. Após escolher essas publicações, vá a uma banca ou livraria e passe os olhos por elas. Quando estiver certo de que seu material tenha alguma identidade com uma publicação, passe a comprá-la e lê-la regularmente. Tente entrar em contato com alguém dessas redações para descobrir se aceitam material de fora, e como fazer para encaminhá-lo.

Stef e Mary Kaiser Donev são redatores de humor que vendem regularmente seu material para publicações médicas, com artigos como "Hemorróidas não matam... mas perturbam bastante" e "Só existe uma maneira de eliminar as espinhas: envelhecer". Eles dizem que uma matéria típica de 1.500 palavras, sobre a etiqueta dos quartos hospitalares por exemplo, pode conter até oito anedotas humorísticas e ainda ser considerado um texto sério e informativo.

A INTERNET

O princípios da redação de humor discutidos neste livro aplicam-se também a textos publicados na internet, com uma exceção: na internet os textos devem ser mais curtos do que textos impressos. A diagramação de uma página na web e a capacidade de concentração menor de um internauta típico exigem maior concisão. O título e a abertura de um texto na internet são críticos: se os internautas não forem fisgados pelas primeiras linhas passarão para o próximo *site*.

Entre os *sites* de humor mais populares e bem escritos da internet estão *McSweeney's Internet Tendency* (www.mcsweeneys.net), *College Humor* (www.collegehumor.com) e *The Onion* (www.onion.com). *The Onion* é um *site* de notícias com artigos falsos e paródias engraçadas do noticiário "real".*

Exemplos de manchetes do *The Onion:*

> Homem encontrado em berçário dormindo como um bebê.
> População, apavorada, com epidemia, de vírgulas.
> Papa se arrepende de morrer: "O Céu não chega aos pés do Vaticano".
> Abortado plano para conseguir pensão de jogador de futebol.

Se quiser ser publicado por um *site* na internet, procure descobrir como é o encaminhamento e as normas para submeter seu material, e siga essas instruções. Geralmente os *sites* têm um *link* ao pé da primeira página com um endereço real e virtual para se entrar em contato. No caso de um *site* ou publicação com uma equipe maior, envie o material para o editor ou secretário de redação. Alguns *sites* têm um endereço de *e-mail* específico para o envio de material. Pode-se também procurar por *sites* que promovam concursos de textos. Mas, alguns dos *sites* mais populares, como *The Onion,* não aceitam material de colaboradores avulsos.

Uma alternativa à publicação de seus textos num *site* estabelecido é construir seu próprio espaço na internet. Num *blog* pessoal pode-se postar as melhores piadas, anedotas e histórias. Montar um *blog* é simples e vários *sites* (a começar pelo www.blogger.com) ensinam num passo a passo como criar seu próprio espaço humorístico na internet. Postar seu humor nas redes sociais pode ser uma maneira também de chamar atenção para o seu material.

* N.T.: No Brasil, podem ser recomendados o *Sensacionalista* (www.sensacionalista.com.br), *Kibe Loco* (www.kibeloco.com.br) e o *Stand-Up Comedy Brasil* (http://www.standupcomedy.com.br/), entre vários outros.

HUMOR NUMA SENTENÇA: PASSANDO POR UMA FRASE

Frases engraçadas podem ser aproveitadas de várias maneiras, de adesivos de automóveis a dizeres de camisetas. Muitas frases que parecem ter surgido naturalmente foram criadas por humoristas. Para os profissionais, esse tipo de humor é uma boa maneira de ganhar uns trocados com um material que não se encaixa em outras possibilidades.

Adesivos de automóveis: colando na traseira

Os adesivos plásticos que colamos em nossos carros indicam publicamente a maneira como somos. Representam para os adultos o que as camisetas representam para os adolescentes. São mais populares que os *buttons* e mais aceitáveis socialmente do que frases pichadas. A sua forma é muito estruturada.

1. Devem ser curtas, raramente passando de oito a dez palavras.

Sob nova direção: recém-desquitada..
Não roube: o governo detesta concorrência.
Dirigido por mim, guiado pelo GPS.

2. Geralmente contém variações sobre frases usuais no trânsito.

Não me siga: também estou perdida.
Velocidade controlada pelos buracos da prefeitura.
Crianças no banco dianteiro podem causar acidentes. Acidentes no banco traseiro podem causar crianças

3. Os emparelhamentos de palavras são eficazes nesse formato.

Dou um duro danado para não viver na dureza.
Se for dirigir não beba. Se for beber...me chame.
Filho de rico é *playboy*, filho de pobre é *motoboy*.

4. Também são muito usados os jogos de palavras.

Quem anda colado é adesivo.
Há bares que vêm para o bem.

Com tantos engarrafamentos, estou sempre em trânsito.

5. Embora grande parte dos motoristas seja de mulheres, os adesivos tendem a ser machistas.

Mulher no volante, perigo constante.
Aqui é como o World Trade Center: só entra avião.
Mulher feia é igual a estepe: só uso quando preciso.

6. Incluem bastante insultos e um humor agressivo.

Não bata a porta – e não bato na tua cara
Aproveita pra buzinar enquanto estou recarregando a arma
Como estou dirigindo? Foda-se, o carro é meu.

Camisetas: de olho nos peitos

Se existe uma indústria caseira na terra do humor esta seria o ramo das camisetas. Não só é possível escrever as frases à mesa da cozinha, como é possível montar um negócio em menos tempo do que se leva para marinar um filé. Um típico caso de sucesso com camisetas é a de Dan Gray, de Cleveland, que nunca chegou a terminar o segundo grau, mas abriu uma empresa com um investimento de 600 dólares e cinco anos depois faturava seis milhões de dólares em vendas com a grife Daffy Dan's T-Shirts.

O humor nas camisetas é redigido pela visão de adolescentes que acabam de descobrir que o próximo passo depois de mostrar a língua para as pessoas é a linguagem corporal. Textos em camisetas frequentemente são compostos de piadas internas, sacaneando enfaticamente algum acontecimento local, um fato do noticiário atual, um evento esportivo ou alguma história de sucesso ("Eu sobrevivi a..." é a legenda mais popular.)

As técnicas de redação mais usadas em camisetas são o duplo sentido e os chavões reformulados, técnicas que descrevemos no primeiro volume deste livro. A única outra exigência é que a frase seja curta. Os fabricantes precisam lembrar que as camisetas entram e saem de moda rapidamente e que o humor das frases tem vida curta, referindo-se a assuntos perecíveis: três semanas em média. Uma moda que perdura por três meses é campeã. Como resultado, eles geralmente recebem ideias para avaliação sem nenhum compromisso (sem garantias de aprovação, com pagamento apenas se elas forem utilizadas). A única vantagem de apresentar seu material num esquema sem nenhuma garantia de retorno é que um encontro com a empresa pode resultar numa encomenda voltada para algum acontecimento futuro.

Camisetas são brindes populares em qualquer ramo comercial. Uma clínica dentária, por exemplo, poderia comprar a seguinte frase para suas camisetas: "Clínica Aldente: nosso tratamento dentário não é cárie".

O humor de camiseta, como as próprias camisetas, fica sujo facilmente. Um dos maiores sucessos nas camisetas industrializadas são as frases com conotações sexuais.

Consumo imediato
Sexo? Tô fora. Tô dentro. Tô fora. Tô dentro.
Faço Direito. Quer experimentar?
Voto nas Putas! Cansei de votar nos filhos delas...

Biscoitos da sorte: humor boca a boca

Nas maiorias dos restaurantes chineses nos EUA os fregueses recebem gratuitamente um biscoito da sorte ao final das refeições. Não existe a prática dos biscoitos da sorte na China, embora alguns historiadores chineses creiam que tenham sido inventados por revolucionários durante a dinastia Ming (1368-1644), que usavam os bolinhos crespos e dobrados para passarem mensagens secretas. (Não, uma delas não era: "Socorro! Estou refém numa fábrica de biscoitos da sorte!") Hoje, existem pessoas que até acreditam que essas frases podem determinar sua sorte naquele dia. E alguns restaurantes trabalham até com biscoitos chineses de dizeres pornográficos.

As frases devem soar como se fossem escritas por Confúcio.

Sucesso aparente. Mais sucesso, mais há parente.
Não pensa antes, pena depois.

Na verdade, são escritas por redatores que chegam a bolar 50 previsões improváveis, conselho sábios e tiradas engraçadas por dia.

Dinheiro não é a chave para a felicidade, mas abre portas interessantes.

Os gerentes de restaurantes chineses têm até sua piada própria para quando um freguês recebe acidentalmente um biscoito da sorte vazio. Sara Wilson conta a história do garçom que disse ao freguês: "Ah, muita sorte. Não ter notícias já é notícia boa".

O HUMOR ABREVIADO PODE PROLONGAR O RISO

Se estiver interessado em produzir produtos próprios com suas ideias ao invés de vendê-las para uma empresa, há uma grande quantidade de programas de computador que lhe ensinam como fazer isto. Muitos *bureaus* de impressão podem imprimir frases em camisetas, adesivos de carro e num formato para biscoitos da sorte. Procure isto na internet.

É HORA DO ESPETÁCULO

Escreva uma série de frases engraçadas que possam ser usadas em adesivos de automóveis, em camisetas ou em biscoitos da sorte. Por exemplo: escreva uma frase para anunciar o seu trabalho, uma para valorizar a sua cidade e uma para promover as suas proezas sexuais (essa deve sair rapidinho).

CAPÍTULO 15
Piadas que passam uma boa imagem: o humor dos cartuns e dos cartões

Agora me pagam por aquilo pelo qual no colégio me castigavam: desenhar.

– Ben Sargent

Mesmo se sua habilidade artística se limitar a desenhar homens de palitinho, poderá trabalhar com o humor visual. Para o redator profissional, o humor feito para cartuns e cartões não difere da piada básica de uma frase: um jogo de palavras, uma reversão, um exagero ou um desdobramento. O cartum (ou o lado de fora do cartão) cria a situação e a legenda (ou o lado de dentro do cartão) apresenta o desfecho.

A maioria dos historiadores do humor estipulam que o advento da revista *The New Yorker,* em 1925, foi o que mais influenciou o desenvolvimento do cartum humorístico. Foi essa revista que tornou os cartuns respeitáveis e, de acordo com o teórico inglês M. Thomas Inge, também "estabeleceu o padrão pela qual todas as obras dos cartunistas modernos são medidas".

Antes do *New Yorker,* os cartuns consistiam primordialmente de ilustrações indicando um diálogo entre duas pessoas, ambos identificados por pronomes, nomes ou cargos, como se a legenda fosse um roteiro de teatro. Os desenhos eram estilizados e não tinham a função de aumentar o impacto humorístico. Todo o peso residia sobre as costas da legenda.

CAVALHEIRO PARA EMPREGADA: Pode fazer-me o favor de perguntar à sua patroa se ela está em casa?

EMPREGADA: Não adianta, senhor. Ela já viu você chegando.

Hoje a fórmula é a mesma, mas o estilo é diferente. O texto é mais curto - incisivo - e especializado. Devido à influência do *The New Yorker*, o diálogo entre duas pessoas praticamente desapareceu em favor da legenda numa frase única. Os cartuns contemporâneos são satíricos e exigem um público sofisticado e antenado o bastante para se sentir à vontade entre as excentricidades da vida moderna.

Os três formatos principais do desenho de humor são os cartuns, as tiras em quadrinhos e as charges.

CARTUNS: UMA IMAGEM VALE POR MIL GARGALHADAS

Os cartuns estão por toda parte: desde os jornais (que geralmente publicam mais as charges) a revistas tão variadas quanto *Cat Fancy* (sobre os gatos), *Skydiving* (de paraquedismo) e *Highlights for Children* (público infantil). Um cartum é uma piada única e autocontida geralmente consistindo em uma ilustração e um pequeno texto em formato de legenda ou de balão. Suas chances de sucesso nesse campo serão maiores se puder fornecer ambos os componentes visuais e verbais.

O componente verbal

Os cartuns geralmente têm pouco ou nenhum texto. No máximo, três ou quatro linhas breves. Como não há muito espaço para demonstrar o seu humor, a técnica torna-se ainda mais importante. Algumas das técnicas humorísticas mais comuns para criar os componentes verbais dos cartuns são as reversões, os duplos sentidos, as tiradas de uma frase e críticas sociais em forma de paródia.

Tiradas de uma frase

As piadas de uma frase são o feijão com arroz do humor nos cartuns. Essas piadas combinam uma situação estereotipada com uma legenda surpreendente. Já que a legenda geralmente se sustenta sozinha, sem um grafismo distinto, pode ser publicada em revistas como *Seleções* mesmo sem o desenho correspondente.

Moça apresentando seu noivo para outro rapaz: Alberto, Eduardo... Eduardo, adeus.

– Leo Garel

A reversão

A ilustração é direta, mas a legenda é uma reversão de um chavão.

Cliente ao perceber uma mosca enorme no seu prato: Garçom, tem uma sopa na minha mosca!

Muitas vezes a legenda é uma reversão de uma linha de pensamento.

Marido, vendo TV, para esposa que está à porta: Um passeio ao luar? Grande ideia. Leve o cachorro com você.

– Hagerman

Exageros: humor sem limites

A terminologia de cada profissão encoraja os duplos sentidos e os sentidos ao pé da letra (exagerados), que são bastante valiosos para revistas especializadas que buscam piadas ligadas ao seu público distinto.

Livreiro, curvado sob o peso de uma pedra plana, imensa, coberta de hieróglifos, para um freguês: "Aqui está aquela primeira edição que você queria".

Parodiando hábitos, costumes e expressões

Hábitos e costumes atuais podem ser engraçados quando parodiados por crianças muito pernósticas, por velhos muito espertos, por animais e alienígenas. Viradas nas frases também podem ser engraçadas, principalmente quando não combinam com quem as diz.

Duas crianças, olhando para um prego torto: É isso que chamam de puta merda.

– Burbank

O componente visual

A imagem num cartum não deve ser algo complexo. A ilustração deve ser absorvida num segundo, estando dentro do alcance intelectual imediato do leitor.

Mesmo aspirantes a humoristas, que não conseguem desenhar com tanta técnica, têm uma chance nesse campo se conseguirem aperfeiçoar um estilo. "Muitas pessoas não desenham mais no sentido clássico do termo e isso também funciona" diz Bob Mankoff, editor de cartuns do *The New Yorker*. "Costumo dizer para as pessoas que não sabem desenhar: tem desenhos ruins-ruins e desenhos ruins-bons. Quando você vê um desenho de Thurber, é ruim-bom. Você vê algo que é fácil e consistente e confiante. Não tenho uma fórmula, mas um desenho simples precisa passar um tanto de charme e personalidade".

A maioria dos cartuns apresenta dois personagens, mas geralmente só um é que fala. Outras ilustrações básicas variam de um personagem central falando ao telefone a cartuns que mostram pequenos grupos de três ou quatro personagens facilmente identificáveis. O único sentido da ilustração é comunicar o contexto básico no qual o leitor deve interpretar a piada. A legenda é a única coisa surpreendente.

Duas dançarinas: Eu acho que uma mulher só deve se casar por amor. Vou me apaixonar pelo primeiro milionário que eu conhecer.

Vamos olhar mais de perto para algumas das técnicas visuais mais utilizadas nos cartuns.

O balão vai subindo

O texto da piada pode ser redigido como balões acima da cabeça de quem fala ou como uma legenda abaixo da ilustração. O balão não precisa nem conter um texto. Num cartum de Randall Harrison, um homem e uma mulher são desenhados com balões acima de suas cabeças. O balão do homem está vazio, enquanto o balão da mulher diz: "Richard, você não pensa em nada".

O elemento oculto

A piada básica nesse tipo de ilustração está em que algo se encontra oculto de um dos personagens. Todos os outros, inclusive o leitor, sabem o que está acontecendo. Por exemplo: um mergulhador que não vê o que o ataca por trás; ou uma mulher, olhando para a selva, que continua falando com o marido que está sendo engolido por uma jiboia. A incongruência é fundamental no humor e este tipo de cartum é um exemplo perfeito da teoria da superioridade. Nós rimos porque sabemos que uma outra pessoa será o alvo da piada.

Exagero e atenuação

Outro tipo de cartum sobrepõe uma legenda absurda sobre uma imagem visual absolutamente comum, ou uma ilustração exagerada sobre um texto mundano. Quando a ilustração for exagerada, o personagem principal geralmente se expressa de uma maneira que indica inocência, ingenuidade ou burrice generalizada.

Atendente de loja para exibicionista que escancarou a sua capa: Artigos masculinos. Terceiro andar.

Quando a legenda for exagerada, o cartum geralmente retrata um ambiente comum.

Homem das cavernas para seu colega, jogando golfe: Sinto que estou certo ao dizer que este jogo que inventamos terá uma influência apaziguadora e tranquilizante sobre a humanidade por todos os séculos.

– Bernhardt

Transformações

A transferência de características humanas para os animais é chamada de antropomorfismo. No humor, é chamada de transformação e tem sido um recurso favorito dos cartuns desde o tempo dos homens das cavernas.

Um guarda florestal para outro, enquanto um urso sai dirigindo um jipe: Avisei pra não deixar as chaves na ignição.

Um praticante popular das transformações é Gary Larson, criador do *The Far Side*. Um exemplo do estilo de humor de Larson mostra uma senhora agachando para dar comida aos esquilos. Um esquilo diz para o outro: "Ai, que gracinha. Adoro quando sentam desse jeito!"

Atualmente as transformações podem ser aplicadas não só aos animais, mas a coisas como produtos tecnológicos.

Um computador para o outro: Quer jogar dados?

Alterações temporais

Quando os costumes, hábitos ou expressões de hoje em dia são justapostas com aqueles de outra era, surgem oportunidades para exageros ou atenuações incongruentes. A cena do cartunista Charles Addams com um foguete espacial pronto para decolagem e com uma longa fila de embarque de animais, dois a dois, funciona visualmente e dispensa a legenda.

A reversão

Esta técnica, tão popular em outras formas de redação de humor, pode aparecer num cartum através da ilustração, da legenda ou na interação entre as duas. Um exemplo visual seria dois cavalos pregando sapatos humanos na parede para dar sorte. Numa legenda, uma reversão funcionaria da mesma forma que uma reversão padrão num texto humorístico.

Mulher comentando com amiga: Gosto de sexo pela manhã... logo depois de o Bill sair para o trabalho.

Quando a reversão ocorre na interação entre a legenda e o desenho, pode ser algo assim:

Num encontro de ex-alunos de um colégio, um homem apresenta uma mulher maravilhosa: E agora a nossa ex-colega que mais mudou desde a nossa formatura. Vocês se lembram dela como Ed Ferguson.

– V. M. Yels

Uma fórmula frequente de reversão é a aplicação de novas interpretações visuais para uma frase batida. "Querida, estão tocando a nossa canção" é uma frase direta ao aparecer como legenda de um desenho que mostra um casal dançando. Torna-se uma reversão quando o desenho mostra um casal obeso num cruzeiro de luxo ouvindo o camareiro anunciar o jantar. Também funciona (sem a palavra *querida*) quando um mecânico grita isto para seu colega, quando dois carros batem de frente um no outro diante de sua oficina.

É HORA DO ESPETÁCULO

Confira a coleção de cartuns do *The New Yorker* na internet: www.cartoonbank.com. Depois de pegar a manha das técnicas cartunísticas, procure de 15 a 20 cartuns, ilustrações ou fotografias sem texto ou legendas e escreva uma piada engraçada para cada um.*

QUADRINHOS: O HUMOR QUE SE BOTA NAS TIRAS

Tiras em quadrinhos, como *Garfield*, de Jim Davis, e *Dilbert*, de Scott Adams, diferem dos cartuns por consistirem de três a seis quadros que se juntam para contar uma única piada. A quantidade de texto de cada quadro individual varia de texto nenhum a duas ou três frases curtas. As tiras em quadrinhos são uma das maneiras de se lançar como humorista, desde que se consiga algum jornal disposto a publicar o seu trabalho. Tente entrar em contato com os jornais e publicações de sua cidade para mostrar o seu material. Eis algumas dicas para a criação de tiras em quadrinhos de sucesso.

1. MANTENHA OS REFLETORES VOLTADOS PARA O ASTRO. O foco do humor deve sempre estar voltado para o seu personagem principal. Assim como num seriado ou esquete, o elenco está ali para apoiar o personagem central. É por isto que nunca existem mais do que três personagens principais num único quadrinho.

2. O PERSONAGEM É UMA CONSTANTE. O astro da tira não muda. Sempre parece o mesmo e usa a mesma expressão básica, sem muitas variações. As atitudes do personagem são previsíveis.

3. NÃO HÁ TRAMA. Os primeiros quadrinhos são apenas a construção da situação e o fundo para uma frase simples, seja lógica ou

* N.T.: Cartuns célebres da revista *New Yorker* podem ser vistos também na coleção de livros publicada pelas editoras Desiderata e Nova Fronteira.

ilógica. Piadas recorrentes são populares. O espinafre de Popeye e o super-sanduíche de Alarico ainda funcionam, depois de mais de 50 anos.

4. O DIÁLOGO É UM MÍNIMO. As frases contêm quatro ou cinco palavras por quadro. Usa-se muita exclamação. Palavras-chave são repetidas, como neste exemplo do *Peanuts* de Charles Schulz.

PRIMEIRO QUADRINHO: Duas crianças sentadas numa escadaria observam Charlie Brown se aproximando. Menino diz para menina: Ei! Lá vem aquele cara legal, o Charlie Brown.

SEGUNDO QUADRINHO: Charlie está perto deles: Charlie Brown é legal... é mesmo!

TERCEIRO QUADRINHO: Charlie acaba de passar por eles: Charlie Brown é muito legal...

QUARTO QUADRINHO: Charlie está fora de vista: Como eu detesto ele!

CHARGES: PRETO NO BRANCO

As charges são um exemplo do uso da hostilidade no humor. São oportunidades que as pessoas têm para reclamar e pôr a boca no trombone através de um humorista. Consistindo tipicamente em um desenho e uma frase mordaz, essas pérolas das páginas editoriais oferecem aos leitores uma chance de se vingarem, gritando: "Isso! Manda ver"!

O que pode ser melhor do que poder desenhar, ficar puto com as pessoas e esculachá-las sempre que quiser?

- Mike Peters

O valor de uma charge é ser um para-raios ou catalisador da irritação. Como observou Gary Trudeau, criador de Doonesbury: "Não somos pagos para sermos justos. Na verdade, se a charge fosse justa, então se tornaria algo completamente diferente... quando dizem 'não pode exagerar', 'não pode fazer uso de hipérboles', 'não pode esticar a verdade', retiram-se todas essas ferramentas e ao final do dia a sátira não existe mais".

Os chargistas têm sido uma força política e intelectual poderosa. Benjamim Franklin desenhou a famosa charge "*Join or Die*" (ou nos unimos ou morremos) que mostrava as colônias americanas como partes separadas de uma serpente. Thomas Nast criou o burro do Partido Democrata e o elefante do Partido Republicano e ajudou a destituir o corrupto Tweed e sua gangue do Tammany Hall do poder em Nova Iorque na década de 70 do século XIX. O desenho de Clifford Berryman mostrando Teddy Roosevelt se recusando a atirar num filhote de urso foi a inspiração para um fabricante de bichinhos de pelúcia criar o "*Teddy's bear*".

Hoje, na era de ouro das charges, centenas de chargistas trabalham em tempo integral para, protegidos pela liberdade de expressão, satirizarem as questões e as atitudes controvertidas do nosso tempo.

A maioria dos chargistas como eu – que gostam de atacar – é como armas carregadas. A cada manhã vasculhamos os jornais procurando um alvo no qual atirarmos. Essa é a nossa função. Se tentássemos ser justos, qualquer coisa que fizéssemos sairia aguada.

– Mike Peters

Provocar reações iradas é a norma dos chargistas. Eles só sabem ao certo que transmitiram a sua mensagem quando são inundados com cartas obscenas, telefonemas ameaçadores e abaixo-assinados exigindo que sejam transferidos para a fila do desemprego.

O sonho de cada chargista é provocar uma passeata contra ele. Só pode ser.

– Mike Peters

O elemento que todos os chargistas têm em comum é um senso de humor devastador. Suas caricaturas e as situações que retratam provocam risos, gargalhadas, gritos e o desejo de repetir a piada para os colegas. Cada vez mais, as charges não apenas expõem a falta de roupas (ou de consistência) do imperador, como fazem isto de maneira engraçada.

As charges são inerentemente mais difíceis do que qualquer outro tipo de desenho de humor. A fim de que o leitor capte a piada, a metáfora visual da charge deve conjurar instantaneamente um assunto bastante conhecido. "Antes que você consiga se comunicar com elas, as pessoas precisam realmente entender aquilo de que você fala" disse o chargista Hugh Haynie. Portanto, o humor precisa ser agressivo, mais do que se relacionar com a ilustração. Pode fazer isto exagerando o desenho ou exagerando o texto.

O verdadeiro teste é ter ideias dia após dia; então, embora não comentem muito a este respeito, chargistas profissionais constituem um mercado fértil para humoristas *freelancers* que conheçam o seu estilo e possam extrair piadas das manchetes dos jornais. Mande seu material para eles. Podem fazer uma parceria, desenhando a sua ideia, e lhe pagar por ela.*

Arte exagerada

Nas charges a arte é bem mais importante do que nos cartuns. Para começar, a capacidade de caricaturar personalidades é essencial. As melhores charges têm que acertar bem no queixo, então os desenhistas procuram uma característica física bem distinta de cada personalidade, a fim de exagerá-la. Uma mulher gorda torna-se obesa. Um homem alto, um gigante.

Outra exigência é o uso de símbolos estereotipados. Para alguns cartunistas, a CIA é um indivíduo de capa se esgueirando pelos cantos. Para outros, é um Frankenstein arrombando portas e esmagando inocentes.

A pessoa mais retratada pelos chargistas é aquela que ocupa no momento o cargo da presidência. Richard Nixon, com seus olhos esguios e sua barba por fazer, era um alvo ideal para charges, que caíram sobre ele com força devastadora. Outro alvo popular foi Bill Clinton e seus pontos fracos.

Sabe, nos anos Clinton, a realidade sempre estava à frente da sátira. Quer dizer, a gente acabava desenhando o que já estava acontecendo, e era difícil fazer algo mais do que a realidade, e quando isso acontece fica difícil para um chargista. Então espero que as coisas se acalmem e que a gente possa voltar a ser chargis-

* N.T.: No Brasil, os chargistas desenvolvem tanto as ideias quanto o desenho. Não trabalham em parceria. O melhor seria tentar enviar as suas charges para os jornais de sua cidade – principalmente se ainda não tiverem chargistas fixos – para ver se há interesse.

tas de novo, ao invés das piadas serem criadas pelo sujeito que deveria ser o objeto das piadas.

– Pat Oliphant

O chargista Pat Oliphant, vencedor de prêmios Pulitzer, geralmente insere seus personagens numa versão burlesca de controvérsias correntes. E sempre tem um pinguim gozador num canto inferior da charge, comentando a ação. O estilo de Oliphant tem sido tão copiado que os chargistas novos consideram quase que obrigatório colocarem seus próprios bichos metidos a espertinhos. Como observou o chargista Mike Luckovich: "Não havia uma ideia de diversão nas charges, eu acho, antes de Oliphant".

Texto exagerado

Os chargistas pulam em cima de nomes que se prestam a duplos sentidos. O chargista Bill Sanders falava de um juiz que tinha o nome de Christ T. Seraphim que "levava o seu primeiro nome a sério e a Constituição na brincadeira".

Para atacar o alto custo das consultas médicas, o chargista Steve Kelley desenhou a cena de um paciente num consultório caindo de costas depois de receber a conta. O médico anota em seu fichário: "Reflexos normais".

Além de uma inteligência básica, não há nada mais importante para um bom chargista do que ser ranzinza. As charges tendem a serem mais eficazes quando a atitude do artista é hostil, serem melhores ainda quando sua atitude é de raiva e, quando ele chega ao ódio, então pode realmente começar a fazer charges.

– Jules Feiffer

DANDO AS CARTAS NOS CARTUNS

Encontrar trabalho como desenhista de humor pode ser difícil, especialmente se a sua meta é ver seus desenhos serem publicados em locais de prestígio como *The New Yorker*. Bob Mankoff, o editor de cartuns da revista, e ele mesmo um cartunista, recebe mais de mil propostas por semana, 980 das quais ele rejeita. Se, porém, selecionar os alvos certos para os seus trabalhos e aperfeiçoar suas habilidades criando cartuns para publicações que tenham mais abertura para colaboradores avulsos, suas chances de sucesso aumentam.

Até há poucas décadas era comum um redator criar a legenda e um artista fazer a ilustração de um desenho de humor, mas as coisas mudaram. De acordo com Mary Cox, editora da revista *Artist's and Gaphic Designer's Market*, "É preciso saber fazer as duas coisas - ou conhecer um bom parceiro - se quiser ser bem-sucedido nessa área. É raro um editor contratar ambos, artista e redator, especialmente se forem novatos, sem grande currículo".

Embora seja mais fácil ser publicado, quando se é o responsável tanto pelos aspectos visuais quanto pelos verbais de um desenho de humor, ainda existem parcerias entre cartunista e ilustrador e redator de piadas. Mas não é uma sociedade igualitária. Os ilustradores geralmente recebem três vezes mais do que os redatores.

A maior parte vai para o desenhista, porque os editores geralmente contratam os serviços deste primeiro. O artista mostra, sem compromisso, um portfólio de seu trabalho. Se o editor gostar, oferecerá alguma proposta, ou de exclusividade ou de ter a primeira opção de publicação, porque cada mercado de desenho de humor - revistas, jornais, impressos - busca um estilo individual, o que é mais fácil de ser obtido no grafismo do que na redação de piadas.

Com o trabalho concluído, geralmente quem o encaminha para publicação é o desenhista. É ele quem deve manter o nível humorístico apresentado pelo seu portfólio. Quem compra se interessa pelo produto final e não em como foi realizada a parceria.

Num certo sentido, a carroça acaba sendo mais valiosa do que o cavalo. Os desenhos não são grandes obras de arte; a maioria deles é de situações estereotipadas, a graça estando no texto. O redator da piada é o mais criativo e o desenhista recebe a maior parte do dinheiro. Não parece justo, mas não é diferente do arranjo entre um apresentador humorista e seus redatores de piadas.

A *National Cartoonist Society* (www.reuben.org) fornece informações valiosas para o cartunista profissinal. Nos EUA, existe o anuário *Artist's & Graphic Designer's Market*, com guias para o envio de seus trabalhos e informações de contato para centenas de publicações que aceitam cartuns e charges de colaboradores avulsos. Outros livros recomendados, em inglês, são *The Big Book of Cartooning*, de Bruce

Blitz, e *Everything You Ever Wanted to Know about Cartooning but were Afraid to Draw*, de Christopher Hart.*

CARTÕES: MENSAGENS DE HUMOR

Sentimentos pessoais como amor e amizade vêm sendo expressados através de cartões nos EUA desde os anos 70 do século XIX. Quando os telefones se popularizaram, houve um temor na indústria dos cartões de que essas breves missivas seriam umas das primeiras vítimas da telefonia. Ao contrário! As cartas diminuíram, mas a venda de cartões continua estratosférica. A revista *Forbes* calculou que metade de toda a correspondência pessoal agora é de cartões pré-impressos: não se coloca um telefonema em cima da mesa.

A maioria dos cartões são impressos em papel encorpado, no tamanho de 12 por 17cm, e dobrado uma vez, de modo que tenham uma capa (o lado de fora) que abre para uma página dupla (o lado de dentro). Mesmo incluindo uma impressão a várias cores, o custo de fabricação de um cartão médio (consistindo, digamos, de quatro linhas e a imagem de um lindo pôr do sol) não chega nem perto do seu preço no atacado. Mesmo acrescentando os custos usuais de distribuição, publicação, vendas e adicionais, os lucros das editoras de cartões são enormes.

O que é mais significativo para o mundo da redação de humor é que a cada ano os consumidores estão dispostos a gastar bilhões de dólares para que uma outra pessoa envie uma mensagem engraçada (mesmo produzida em massa) para um de seus amigos ou entes queridos. Isto significa também que as empresas que produzem esses cartões representam um mercado almejável para redatores de humor iniciantes. Se você acha que receber um cartão de alguém é emocio-

* N.T.: No Brasil existe a Associação Brasileira de Cartunistas (http://www.chargeonline.com.br/ACB/ACB.htm), além de associações regionais, como a Acape em Pernambuco (http://acape.org.br), a Grafar no Rio Grande do Sul(http://grafar.blogspot.com) e a AQC em São Paulo (http://aqcsp.blogspot.com). Há também coletivos virtuais, como o BrazilCartoon (http://www.brazilcartoon.com) ou Charge OnLine (http://www.chargeonline.com.br). Existem anuários de mídia que podem ser úteis, como o da revista Meio & Mensagem, com listas de publicações e informações de contato.

nante, pense na emoção de receber um pagamento por ter criado a sua mensagem!

O humor dos cartões não é diferente daquele dos cartuns e das tiradas de uma frase: geralmente baseia-se num chavão ou numa piada clássica. A abertura (lado de fora) é quase sempre alguma frase batida. A piada (lado de dentro) é um desdobramento, geralmente outro chavão reformulado.

LADO DE FORA: Dívida para mim é sagrado.
LADO DE DENTRO: Deus lhe pague!

Ou o texto pode consistir numa expressão emparelhada.

LADO DE FORA: Não só você é a luz da minha vida...
LADO DE DENTRO:... como clareia todo o universo!

Para os colaboradores avulsos que tentam vender o seu humor para empresas de cartões, há seis passos a serem seguidos.

1. Faça uma pesquisa de campo
2. Procure especializar-se
3. Comunique-se
4. Tenha bastante energia
5. Faça revisões
6. Caia na real

1. FAÇA UMA PESQUISA DE CAMPO. Vá às lojas e livrarias que vendem cartões para lê-los. Essa pesquisa é essencial. Leia as costas dos cartões para ver quem as publicou e perceba o estilo de cada editora. São maiores as chances de contato com editoras menores. Nos EUA, por exemplo, as duas maiores editoras de cartões, American Greetings e Hallmark, não aceitam material que não solicitaram de colaboradores avulsos. Mas a P.S. Greeting, por outro lado, depende inteiramente de material enviado por *freelancers*.

Cheque os *sites* ou escreva diretamente para as editoras de cartões a fim de saber se existem regras de estilo, de formato ou no envio de material avulso. Para ter uma ideia, o *site* americano www.writersmarket.com coloca *online* um guia de envio de material para mais de 30 empresas diferentes que publicam cartões. É preciso se cadastrar para acessar este material, mas o *site* é atualizado diariamente. Lembre-se de que, quanto mais informado você for sobre as necessidades das empresas de cartões, maiores são suas chances de sucesso.

2. PROCURE ESPECIALIZAR-SE. Crie ideia específicas para ocasiões específicas. Por exemplo, por mais que achemos graça num humor irônico, as pesquisas indicam que as mensagens açucaradas no estilo "eu te amo" ainda respondem por 80% das vendas de cartões.

A grande maioria dos cartões é enviada em ocasiões específicas, como Ano Novo, Natal, Dia dos Namorados e em aniversários. O público pode considerar que a ocasião é que faz o cartão, mas nesse ramo de comércio os cartões é que promovem essas datas. Outros cartões se aplicam a situações do dia a dia, como uma morte na família, um casamento, o nascimento de uma criança, uma doença grave ou uma formatura. Cartões de agradecimento e de congratulações também são o padrão.

> Cartões estimando melhoras ficaram tão divertidos que, quando a gente não fica doente, acha que está perdendo as piadas.
>
> **– Earl Wilson**

3. COMUNIQUE-SE. Os cartões são uma forma de comunicação entre as pessoas. Devem transmitir um sentimento íntimo do remetente para o destinatário. Escreva do ponto de vista das mulheres, porque são elas que compram a maioria dos cartões (com exceção de cartões do Dia dos Namorados, ocasião em que a proporção pode ser de meio a meio).

> Hoje é Dia dos Namorados... ou como os homens dizem, Dia da Prensa!
>
> **– Jay Leno**

Os cartões conversam com o leitor, dizendo a eles o que gostariam de ouvir. Não são apenas oportunidades para você passar uma piada do computador para o papel. Quando Peter Sullivan começou a redigir textos para cartões, sua primeira tentativa foi uma imagem xerocada de uma dúzia de fichas na parte de fora e a fotografia de uma máquina de lavanderia onde se viam as meias girando lá dentro. A frase: "These are the dimes that dry men's soles".* Engraçada? Sim. Vendável? Não!

4. TENHA BASTANTE ENERGIA. O que vende um cartão é o texto e não a arte. De acordo com o pesquisador Marcy Brown, muitas empresas de cartões colocam seus colaboradores trabalhando em equipe, criando ideias em conjunto. Uma maneira fácil de incentivar o processo criativo é pela associação de ideias, brincando com expressões ao pé da letra ou com chavões sobre nossos sentimentos. (Discutiremos em breve outros exercícios criativos.)

5. FAÇA REVISÕES. A sua mensagem deve ser transmitida com clareza e com o maior impacto possível. Você deve reler, várias vezes, o seu material, questionando-se a respeito da necessidade de cada palavra. A revisão é um processo contínuo. Existe uma maneira mais engraçada de escrever o que está dizendo? Qual é o ritmo? São realmente necessárias 28 palavras do lado de dentro?

A maioria dos textos pode ser condensada. Depois de afiar alguns cartões sentirá a diferença... e os editores também. Os editores não querem fazer o seu trabalho. Se um texto precisar ser muito editado, irá direto para o lixo.

LADO DE FORA: Quero te dizer o quanto eu te amo.
LADO DE DENTRO: E vai levar a noite inteira.

LADO DE FORA: Mais um ano de vida!
LADO DE DENTRO: E mais umas contas devidas...

6. CAIA NA REAL. Você tem um conjunto de 20 ideias pelas quais se apaixonou e agora está pronto para enviá-las. Antes de fazer isto, coloque-as de lado por uma semana... e depois aplique para cada uma o teste sugerido por Helene Lehrer, diretora de criação do Oatmeal Studios.

* N.T.: "Estas são as fichas que secam as solas dos homens". A frase compõe-se de trocadilhos sobre a célebre citação "These are the times that try men's souls" (Estes são os tempos que colocam em teste as almas dos homens), do revolucionário americano Thomas Paine.

1. Leia-as novamente. Seja sincero consigo mesmo. Ainda são engraçadas?
2. Você pagaria por essa ideia e depois mandaria para alguém que conheça?
3. Como você se sentiria se recebesse um cartão com esse texto? O que acharia da pessoa que lhe mandou isso?
4. Mostre para seus amigos. Eles riram? Eles comprariam?
5. São verdadeiros? Há uma pitada de realidade nos textos que faça com que um destinatário se identifique com eles?

Se não obtiver uma resposta altamente positiva em cada quesito, é hora de voltar para o computador.

COMO PENSAR EM IDEIAS PARA CARTÕES

Digamos que você tenha que criar um cartão de aniversário para ser enviado por um chefe para seu subordinado. Você começa pensando sobre o que significa comemorar um aniversário: bem, acontece uma vez por ano, a pessoa fica mais velha, a pessoa ganha presentes, tem festinha, os outros tratam ela bem – *bingo!* Quando você escreve "as outras pessoas tratam ela bem" uma lâmpada acende sobre a sua cabeça. E pode ser que você bole uma reversão parecida com este cartão da empresa Dale:

LADO DE FORA: Aproveite que estou sendo bonzinho e simpático no seu aniversário.
LADO DE DENTRO: Porque amanhã eu volto à linha dura.

Ou digamos que queria escrever um cartão de aniversário que transmita alegria. Aniversários são divertidos, mas "Divirta-se bastante" ou "Enfie o pé na jaca" não são muito vendáveis. Novamente, você recorre a associações: bolo, bebidas, abraços e beijos, aí no dia seguinte – *bingo!* A manhã seguinte geralmente é a da ressaca. Acontece a todos. Por que não exagerar isto e imaginar a pessoa realmente acabada, como neste cartão da Hallmark?

LADO DE FORA: (A ilustração da capa mostra uma mulher se escondendo debaixo das cobertas, abraçando o travesseiro como

se fosse a última coisa segura que a conforta no seu mundo de pressão sobre os olhos e dores de cabeça.) Na manhã seguinte à sua festa de aniversário, faça uma reflexão...
LADO DE DENTRO: Quem enfiou meias em todos os meus dentes e como posso ter dormido sem perceber isso?

Você pode ser criativo também com os chavões. Mantenha uma mente ativa. Para um cartão generalizado que diga para uma pessoa como ela é legal, você poderia percorrer todos os chavões apropriados, desmontando cada palavra, numa ginástica verbal, na esperança de encontrar a frase feita que provoque faíscas. "Você é luz, raio estrela e luar". Não. "Como é grande o meu amor por você." Não. (Essas frases já não foram criadas por outras pessoas?) Que tal: "Não tenho palavras para descrever como você é maravilhosa"? Não. Mas espere! A figura de expressão "não tenho palavras" sugere um motivo de exagero. Bingo! Você está tão inspirado quanto a pessoa na empresa Hallmark que ganhou um cheque polpudo por este cartão:

DO LADO DE FORA: (Três homens com aparência de mestres estudiosos, de óculos na ponta do nariz, estão folheando grandes volumes de dicionários, e coçando as cabeças.)
HOMEM UM: Você é tão... ummm?
HOMEM DOIS: Não, você é mais como... ahnnn?
HOMEM TRÊS: Você tem tanta... hein?
DO LADO DE DENTRO: Não tenho palavras para descrever como você é maravilhosa.

Quando se tem uma boa ideia inicial, pode-se produzir toda uma série de cartões.

LADO DE FORA: (Uma série de adjetivos elogiosos cobrindo toda a face do cartão.)
LADO DE DENTRO: Meras palavras não conseguem te fazer justiça. Por isso estou mandando este cartão.

Dicionários de sinônimos e de rimas de boa qualidade são essenciais na redação do humor, e muitas das técnicas que já discutimos nos dois volumes deste livro podem ser aplicadas também ao humor de cartões. Quando você tiver aprendido a escrever de forma engraçada, os cartões serão apenas uma das modalidades humorísticas que tem um formato mais definido.

ARREMATE NUM CARTÃO

LADO DE FORA: As pessoas dizem que eu exagero a seu respeito.
LADO DE DENTRO: É que eu venero as águas sobre as quais você caminha..

REVERSÃO NUM CARTÃO

LADO DE FORA: Este cartão é para me despedir...
LADO DE DENTRO:... de mais um ano na sua vida. Parabéns pelo seu aniversário!

REVERSÃO TRIPLA NUM CARTÃO

LADO DE FORA: Você é uma safada, uma sem-vergonha, uma vagabunda!
LADO DE DENTRO: As qualidades que mais admiro numa mulher!

EMPARELHAMENTO NUM CARTÃO

LADO DE FORA: O que se pode dar de presente para um homem que tem tudo?
LADO DE DENTRO: Uma mulher que quer tudo.

INSULTO NUM CARTÃO

LADO DE FORA: Inteligência em excesso atrapalha as pessoas.
LADO DE DENTRO: Pelo menos esse risco você não corre.

VOCÊ CONSEGUE FICAR POR DENTRO DOS CARTÕES?

Entrar no ramo dos cartões humorísticos como um redator avulso não é tão fácil quanto parece. As companhias americanas maiores, por exemplo, como Hallmark e American Greetings, preferem trabalhar com uma equipe interna de redatores ou com um grupo fixo e confiável de *freelancers*. Mas isto não significa que esse ramo sempre estará fechado para as suas contribuições. Comece com empresas menores e depois vá ajustando a sua mira para as empresas principais na produção de cartões.

A mecânica do envio de material avulso para ser considerado pelos editores de cartões humorísticos é bastante simples. A maioria das empresas prefere que o material submetido seja enviado em lotes, contendo de dez a vinte ideias datilografadas ou impressas em fichas individuais com as informações de contato no verso. (Lembre-se de que cada empresa possui determinadas linhas editoriais, com as quais seria interessante familiarizar-se antes. Procure descobrir também, pela internet ou pelo telefone, quais são os requisitos necessários para o envio de material, antes de mandar o seu trabalho.)

Esteja prevenido: enviar as mesmas ideias simultaneamente para diversas empresas é um erro grosseiro. Entretanto, devido à imensa demora em receber um retorno, é impraticável criar apenas umas vinte ideias, enviá-las, e aguardar três meses por uma resposta. Precisará contatar outras empresas com ideias adicionais que não enviou para a primeira. Verifique qual seria o retorno financeiro provável, caso uma empresa contrate material para um cartão, para que, nesse caso, pelo menos cubra seus custos de envio.

Tenha sempre algum material sendo submetido a alguma empresa. Não fique desencorajado após algumas rejeições. Nesse jogo o que vale é a persistência. E não tenha receio de que uma empresa copiará suas ideias antes de devolvê-las com uma carta-padrão de rejeição. As empresas procuram fontes confiáveis. E, dependendo do material que você enviar, poderão incluir junto à carta de rejeição alguns conselhos úteis e palavras de incentivo.

Se receber conselhos, aceite-os. Mas, na maioria dos casos, seu material será devolvido acompanhado de uma carta-padrão, embora o motivo da rejeição possa não ter especificamente a ver com a qualidade de suas ideias: podem estar com um excesso de mensagens de parabéns para pessoas de terceira idade, justamente o seu tema. Você nunca saberá e não responderão às suas cartas ou telefonemas para lhe explicar o motivo.

Atualmente as grandes empresas de cartões desconfiam mais do que nunca de redatores desconhecidos. O que mais temem é um processo vindo de algum amador que identificou algum cartão com uma ideia semelhante a algo que alega ter mostrado para a empresa anos antes. É difícil comprovar ou desacreditar tais alegações. Acima de tudo, implicam despesas. Muitos advogados instruem seus clientes editores a devolverem fechados todos os envelopes recebidos e que não tenham sido solicitados. Essas empresas somente avaliam material enviado após um retorno favorável feito por um editor específico em relação a uma carta original, indagando quanto às possibilidades desse envio, e que então responderá com um pedido específico para que você lhe submeta seu material para avaliação.

É HORA DO ESPETÁCULO

Crie vinte cartões humorísticos para ocasiões especiais, incluindo aniversários, formaturas, e outras celebrações. Ao invés de comprar cartões já prontos, passe a enviar seus próprios cartões. Existem vários programas de computador que produzem cartões personalizados com uma qualidade próxima a algo profissional. Como um pai estreante escreveu para sua esposa, que acabara de dar à luz a uma linda filhinha:

Querida. Parabéns. Eu sabia que você tinha uma beleza interior.

CAPÍTULO 16
A máquina de gargalhadas: escrevendo para programas de TV

> Tem muitas comédias na televisão. Isso torna as pessoas mais engraçadas?
>
> **– Dick Cavett**

Programas de TV são um ótimo mercado para os redatores que consigam produzir consistentemente material aceitável. E, mais uma vez, a palavra-chave é consistência. Isto pode se tornar mais do que um ganha-pão: dá para ganhar uns bons bolos... e umas boas boladas. Um programa de meia hora demanda geralmente uma equipe de aproximadamente doze redatores a fim de manter a qualidade diante de prazos rígidos e velozes.

> A televisão é uma invenção que permite que você tenha na sua sala, entretendo-o, gente que você não convidaria para ir à sua casa.
>
> **– David Frost**

O salário-padrão nos EUA para um roteiro de programa com meia hora é de aproximadamente vinte mil dólares, mas lá – além das deduções de impostos – de 10 a 15% acabam indo para um agente, figura obrigatória nesse ramo. Para os escritores que conseguem colocar um hífen no seu cargo (redator-diretor ou redator-produtor), esses salários chegam a dobrar. E, é claro, as reprises geram pagamentos residuais. Reprises de sucessos lendários como *All in the Family, M*A*SH, I Love Lucy* e *Agente 86* nunca deixam de estar sendo exibidos em alguma par-

te do globo. Alguns redatores se aposentam, vivendo bem dos cheques com esses pagamentos residuais.

> *Vila Sésamo* anunciou que demitiu 60 funcionários. Quem deu a notícia aos demitidos foram a letra F e a letra S.
>
> **– Tina Fey**

Até aprenderem a ganhar o pão de cada dia, contudo, os redatores de humor começam magros e famintos. Para ser um redator de seriados deve-se refletir o mundo não através de um espelho comum, mas através do que o escritor Bert Andrews certa vez chamou de "um espelho de parque de diversões que distorce e torna engraçado cada pequeno incidente, falha e idiossincrasia".

> BARNEY: Olá, meu nome é Barney e sou um alcóolatra.
> LISA: Sr. Gumble, este é um encontro de escoteiros.
> BARNEY: Será? Ou será que vocês menininhas não conseguem admitir que têm um problema?
>
> ***– Os Simpsons***

É preciso também estar consciente quanto às restrições sérias dos índices demográficos sobre o processo criativo. Um programa de sucesso deve satisfazer a emissora, a produtora, os astros, os patrocinadores, a crítica e – o mais importante – um segmento dos telespectadores grande o bastante para se colocar à frente de todos os programas concorrentes. Isto exige talento, e depois esforço, e por fim sorte!

Pode parecer fácil agradar ao público, mas o roteiro precisa também levar em consideração as características demográficas do público-alvo. O mercado principal de consumidores é de mulheres entre a idade de 18 e 49 anos, e já que esse público considera atraentes os homens musculosos (e de algum cérebro), personagens machões devem aparecer tanto quanto mulheres gostosas em trajes sumários.

É HORA DO ESPETÁCULO

Estude o máximo possível de seriados. Procure na internet, nas livrarias e nos sebos por livros ou textos contendo roteiros de programas de TV. Grave e analise alguns dos seriados clássicos, ainda em exibição ou sendo reprisados, para desenvolver uma noção de ritmo e compreender melhor como todos os elementos se juntam no desenrolar dos episódios.

É SEMPRE A MESMA HISTÓRIA

Uma das coisas nas quais irá reparar, ao assistir a seriados tanto novos quanto antigos, será como os mesmos temas são recorrentes, década após década. Seriados de sucesso como *Seinfeld* e *Friends*, por exemplo, geraram inúmeras cópias malsucedidas, trazendo grupos de jovens urbanos.

> ELAINE:... Sei que é horrível, mas eu não sou uma pessoa horrível.
> JERRY E KRAMER: Não.
> ELAINE: Não. Quando espanto os esquilos sempre digo: "Sai daqui". Nunca jogo coisas neles e tento machucar eles como algumas pessoas.
> JERRY: Que bom.
> ELAINE: É, e quando vejo malucos na rua nunca, jamais, fico olhando pra eles. Bem, tomo cuidado também para não olhar para o outro lado, sabe, porque quero deixar os malucos à vontade.
> JERRY: Que bom para os malucos.
>
> **– *Seinfeld***

Os seriados *The Honeymooners* e *I Love Lucy* geraram dezenas de programas com casais brigando. Houve até um programa de rádio chamado *The Bickersons* (Os Implicantes) nos EUA dos anos 50. Caipiras, policiais, celebridades e coisas que falam, cada um desses personagens entra e sai de moda. Mas pode apostar numa coisa: mais cedo ou mais tarde, retornarão para alegrar uma nova geração. (Também poderá observar como as histórias são recorrentes: leia os guias de programação de TV para acompanhar as sinopses dos programas. Por falar nisso, se você não conseguir resumir o seu enredo numa frase simples, provavelmente ele é complexo demais.) Há alguns anos, a comediante Beth Davidoff brincou:

> Estou escrevendo um novo *sitcom* para a HBO. O nome é *Sex and the Suburbs*. Dura cinco minutos.

Mas hoje *Desperate Housewives*, sobre sexo nos subúrbios, com seus episódios de uma hora, é um campeão de audiência. A piada virou um seriado de sucesso.

O humor é como a mágica. Os mágicos ainda usam os mesmos truques testados pelo uso: a excitação é provocada pelas novas maneiras como esses truques são apresentados. Ao escrever roteiros para seriados, situações-padrão, aprovadas pelo público, devem ser retratadas de maneiras originais.

> ROBERT: Eu poderia ter sido um ótimo jogador de hóquei. Eu era grande. Eu era durão. Tinha uma boa coordenação motora.
> RAY: É, mas antes precisaria ter a coragem de entrar em campo.
>
> **– *Everybody Loves Raymond***

O cerne de cada seriado é imaginar *E se?* (lembrando do que escrevemos no primeiro capítulo do primeiro volume desta obra). O enredo é determinado pela reação do personagem principal quando colocado numa situação única (e frequentemente incômoda). Nem todos os diálogos de um seriado humorístico são engraçados. Na verdade, mais de 65% desses programas são dedicados a cenas sérias, que são ressaltadas pelo alívio cômico.

> Problemas? Quem não tem problemas? Se a experiência for dolorosa para você, não a bloqueie. Guarde. Pode ser que daí a três dias seja engraçada.
>
> **– Garry Marshall**

A seguir citaremos dez das situações recorrentes mais comuns nos seriados, cenas que o público adora desde o início da produção cinematográfica (o cinema é o avô de todos os seriados atuais). A maioria dessas cenas é de apenas situações comuns levadas ao exagero. Em termos práticos, dois desses temas ou mais podem se sobrepor, sendo retratados concomitantemente no mesmo episódio:

1. agressões familiares
2. agressões no trabalho
3. presunções errôneas
4. alguém se metendo onde não deve
5. corações sendo partidos
6. conflitos éticos e morais
7. simpatia por alguém que está por baixo
8. acidentes físicos
9. algo de valor
10. incapacidade de lidar com a situação

1. Agressões familiares

Pessoas em contato próximo eventualmente acabarão por dar nos nervos ou competir umas com as outras. Maridos competem com esposas, cunhados competem com casais, filhos competem com pais e famílias inteiras competem com parentes e vizinhos. A visita da sogra ainda é um dos recursos de enredo mais comuns na televisão. O riso é provocado quando os personagens interagem com o amor, o ciúme, doenças, preconceitos, a morte e tortas pastelões.

MARIE: Esse pão está velho.
FRANK: Bem, você é o que você come!
MARIE: Bobby, passe pro seu pai o prato de Pão-Duro Miserável.

– *Everybody Loves Raymond*

Algum membro da família - ou a família inteira - deve sempre ser o alvo das piadas. O público quer ver como os outros são tapados para assim poder sentir-se superior.

GEORGE MICHAEL: Gosto da nossa família. Quer dizer, se a gente for embora, quem vai tomar conta dessa gente?
MICHAEL: Sei lá. A assistência social ou a polícia. Quem sabe o Circo de Moscou contrata eles.

– *Arrested Development*

2. Agressões no Trabalho

Salas de escritórios, fábricas, escolas - até funerárias - fornecem ambientes para o cultivo de antagonismos. Trabalhadores têm broncas de seus chefes e também uns dos outros.

> ELIOT: Esse tom de vermelho me deixa parecido com um palhaço?
> DR. COX: Não, te deixa parecido com uma prostituta que atende a uma clientela de palhaços.
>
> – ***Scrubs***

Em todos os seriados a proximidade entre as pessoas provoca inimizades, e sua história deve revelar a farsa em torno dos atritos.

> KAY: Ah, bom dia, minhas formiguinhas operárias! Isto é apenas uma figura de expressão, eu jamais compararia vocês a insetos. Não depois que aqueles vermes da emissora me obrigaram a fazer aquele seminário de aprimoramento de sensibilidades!
>
> – ***Murphy Brown***

> DREW: Ah, você detesta o seu trabalho? Por que não disse logo? Existe um grupo de apoio para isso. Todo mundo faz parte e seus encontros são no bar.
>
> – ***The Drew Carey Show***

Alguns dos recursos de enredos usados com frequência, que se passam em locais de trabalho, incluem: alguém faz um elogio a um chefe que lhe sobe à cabeça; alguém espera uma promoção importante que não vai rolar; alguém é acusado de ser desleal ou de tentar enrolar o trabalho.

> DR. COX: Bom dia, alunos. Como chefe das residências, tenho o prazer de ter tanto o pessoal médico quanto o cirúrgico hoje aqui conosco. Na verdade, nesta sala temos energia cerebral suficiente para iluminar toda uma cidade! Não uma cidade de verdade, vejam bem, mas com certeza uma cidadezinha de formiguinhas cuja prefeitura acabou de implantar uma série de medidas drásticas visando economizar energia.
>
> – ***Scrubs***

A IMPORTÂNCIA DE UM NOME

Nomes e apelidos geralmente expressam uma característica importante da personalidade de um personagem e mantém o público focado no que se espera dele. O apelido de "Hot Lips" (Lábios Quentes) era apropriado para a fogosa Major Margaret Houlihan no seriado M*A*S*H; Archie Bunker – personagem de Tudo em Família – só falava besteira*, e "HawkEye" (Olho Vivo) Pierce – outro personagem de M*A*S*H – parecia com o nome de um salafrário, não de um médico chique. E Seinfeld, num episódio marcante, apresentou aos telespectadores um cozinheiro de sopas controlador da seguinte forma:

> JERRY: Só tem um porém: o sujeito que é dono do restaurante é meio temperamental, especialmente em relação aos procedimentos dos pedidos. Referem-se a ele em segredo como sendo o Nazistão das Sopas.
>
> – ***Seinfeld***

3. Presunções errôneas

Um ingrediente essencial ao drama é que o público não saiba de algo que transcorre na trama. No humor, é o contrário: o público desde o início sabe das coisas, mas há um personagem essencial que está por fora. *Three's Company* é um exemplo clássico de presunções errôneas em ação. Na verdade, se todos os personagens de um seriado dissessem a verdade nos primeiros três minutos, não haveria necessidade dos outros vinte minutos. Os exemplos são comuns: um personagem tenta ocultar sua habilidade especial, um corpo é escondido num baú, alguém está se escondendo no armário, um casal faz de conta que é solteiro, o patrão é confundido com um subalterno, um pintor de paredes é confundido com um médico, ou alguém tem problemas para se comunicar com um estrangeiro.

* N.T.: O nome do popular personagem foi criado em cima da gíria "bunk", equivalente a "papo furado".

STAN: Aí cara, vou ganhar aquele capacete de futebol John Elway no Natal.
CARTMAN: Como é que você sabe?
STAN: Olhei no armário dos meus pais ontem à noite.
CARTMAN: É, bem, eu dei uma olhada no armário da minha mãe também e olha só o que eu vou ganhar: o Prazeiroso Ultravibra 2000.
STAN: Que que é isso?
CARTMAN: Sei lá, mas parece ser maneiro.

– *South Park*

4. Alguém se metendo onde não deve

Qualquer coisa que perturbe a ordem estabelecida intensifica as emoções e cria conflitos. Parentes, amigos, objetos e eventos, aparecendo em horas e locais inconvenientes, perturbam o equilíbrio, e as tentativas de se solucionarem essas situações fornecem situações humorísticas.

GEORGE PAI: Não se envolva. Acredite em mim. Quando pensei que sua primeira esposa estivesse afastando a gente, não impliquei com ela.
MICHAEL: Você reclamava o tempo todo, e ela era minha única esposa. E ela morreu.
GEORGE PAI: É, bem, tá vendo? As coisas acabam se resolvendo.

– *Arrested Development*

Exemplos de intrometimento são pessoas fazendo obras na casa, visitas trazendo uma criança que é uma peste, uma festa surpresa de aniversário que acontece fora de hora, uma casa que se revela como sendo assombrada ou a visita inesperada de uma celebridade.

JACK: Diário do *stalker* de Kevin Bacon, 18:00 pelo horário dos *stalkers*. Meu coração está acelerado e eu também. Entrando para fazer uma averiguação de perto! (Jack corre até a janela, que está semiaberta.)
JACK: Umm, planta nova na sala. Deve ser presente do estúdio para convencer "La Bacon" a fazer *O Homem Sem Sombra 2*. Bilhete para eu mesmo: Ver se consigo emprego no filme, aplicando maquiagem corporal. (Jack abre a janela e passa as mãos pela cortina)
JACK: Seda! Macias! Coisa de macho! Devo me lembrar disso para um sonho fantasioso depois! (Jack entra e pula para o chão.) (Kevin Bacon entra no recinto falando ao telefone)

KEVIN: (ao telefone) Deixa comigo, querida.
(Jack corre em círculos)
JACK: Abortar! Abortar! Abortar!

– ***Will and Grace***

5. Corações sendo partidos

Ter o coração partido é a mais antiga das emoções – junto com o amor – e muitas vezes uma é consequência da outra. No humor, essa emoção deve mostrar situações absurdas: um soldado americano se apaixona por uma aristocrata coreana; uma antiga paixão é reencontrada, mas já se casou com outro; ou um médico precisa contar a um paciente a verdade sobre a sua doença.

GEORGE: Tenho a impressão de que, quando as lésbicas olham pra mim, ficam pensando: "É por isso que não sou heterossexual".

– ***Seinfeld***

RAY: Você já está planejando o casamento?
DEBRA: Estou planejando desde os doze anos.
RAY: Mas você não me conheceu até ter 22 anos.
DEBRA: Bem, você é a última peça do quebra-cabeças.

– ***Everybody Loves Raymond***

6. Conflitos éticos e morais

Essas situações – tão óbvias e previsíveis – são o jardim de infância do humor satírico original. O protagonista é o único que discorda, ou insiste em ir sozinho a uma reunião de turma, ou tenta entrar de penetra numa festa de celebridades. Questões mais profundas abrangem a luta pelos direitos das mulheres, mães ou pais solteiros e práticas religiosas, comerciais ou profissionais.

LISA: Pai, fizemos algo de muito errado!
HOMER: Bateram o carro?
BART: Não.
HOMER: Ressuscitaram os mortos?
LISA: Sim.
HOMER: Mas o carro tá bem?
LISA E BART: Tá.
HOMER: Então tudo bem.

– ***Os Simpsons***

All in the Family foi o primeiro seriado a abordar o racismo e a tocar em questões raciais.

> ARCHIE: Se essa crioulada e esses carcamanos quiserem uma fatia merecida do sonho americano, que tirem suas bundas da cadeira e corram atrás, que nem eu fiz.
> MIKE: Então agora você vai me dizer que um negro tem as mesmas chances de um branco de conseguir um emprego?
> ARCHIE: Mais, tem mais chances... eu não tive nenhum milhão de pessoas marchando e protestando pra conseguir meu emprego.
> EDITH: Não, o tio arrumou um pra ele.
>
> **– *All in the Family***

Tramas mais leves, envolvendo questões éticas e morais envolvem pessoas achando dinheiro, um bilhete de loteria perdido ou joias sumidas; chamar a polícia para investigar um crime cometido por uma pessoa bastante conhecida; ignorar novas regras propositadamente, e tentativas de ocultar algo de um amigo.

> LISA: Ah, mãe, tem certeza de que quer vender uma herança de família para pagar a conta do gás? Olha só, o que a vovó diria?
> MARGE: Tenho certeza de que ela ficaria orgulhosa por seus descendentes terem água quente encanada e muita roupa de baixo quente e seca.
>
> **– *Os Simpsons***

7. Simpatias por alguém que está por baixo

Os enredos dos seriados entram cada vez mais em áreas delicadas. São comuns agora as tramas humorísticas lidando com deficientes físicos, vítimas de crimes, idosos ou pessoas com desvantagens sexuais.

> JAY: Dona, não me leve a mal, mas a senhora é maluquinha!
> VELHA: Ah, a torradeira me diz a mesma coisa.
>
> **– *The Critic***

Se existir alguma outra vítima em quem focar o humor, o público torcerá instintivamente pelo sujeito que estiver mais por baixo.

BART: Pai, você iria gostar se você fosse vendido para um traficante de marfim?
HOMER: Ia ser legal.
BART: Mesmo se te matassem e pegassem seus dentes pra serem teclas de piano?
HOMER: Claro. Quem não ia gostar disso, fazer parte da cena musical?

– Os Simpsons

8. Acidentes físicos

Esta é uma variante do tema anterior, mas a conclusão do enredo geralmente indica que o acidente causou apenas uma deficiência temporária: amnésia, ossos quebrados ou impotência. São as rotinas pastelão de escorregar numa casca de banana, cair num bueiro ou ter um balde d'água jogado na cara. Nenhuma situação pastelão é mais popular do que dois ou mais personagens trancados num local sem conseguirem sair.

CHANDLER: (preso no local das caixas eletrônicas do banco, em off) *Ai meu Deus, é aquela modelo da Victoria's Secret. Alguma coisa... alguma coisa Goodacre.*
JILL: (ao telefone) Alô mãe, é a Jill.
CHANDLER: *Tem razão, é Jill... Jill Goodacre. Ai meu Deus, estou preso numa sala de caixas eletrônicas com Jill Goodacre!... Será que é sala que se diz? Pode ser que seja compartimento. É, isso aí, vamos nos concentrar no nome do lugar, seu idiota!*
JILL: (ao telefone) Sim, eu tô bem. Só fiquei presa no banco, na sala dos caixas eletrônicos.
CHANDLER: *Jill chamou de sala... vou ficar com sala então.*
JILL: (ao telefone) Tô bem sim. Não, não estou sozinha... sei lá, um sujeito aí.

– Friends

9. Algo de valor

Todo mundo quer dinheiro, uma promoção, prêmios ou bens materiais, e muitas pessoas criarão o caos para consegui-lo. Quanto mais fora do comum essa necessidade, melhor. O público até se identifica com esquemas de enriquecimento rápido, se o herói estiver precisando de uma grana... a dele ou a de outra pessoa.

RALPH: Isso é o maior negócio no qual já entrei.
ALICE: O maior negócio no qual você já entrou são as suas calças.

– *The Honeymooners*

10. Incapacidade de lidar com a situação

Esses enredos baseiam-se na incapacidade do personagem principal de conviver com uma situação nova em casa, no trabalho, num evento social ou numa escola nova.

LOIS: Eles têm um programa especial para crianças bem-dotadas. Têm livros didáticos avançados e professores dedicados e toda espécie de coisas boas que não querem desperdiçar com crianças normais.

– *Malcolm in the Middle*

Ficar desempregado é um exemplo; outros são passar por um divórcio e ter que explicar para uma criança como nascem os bebês.

NORM: Isso é briga de cachorro grande, e estou usando cuecas com cheiro de ração.

– *Cheers*

A MECÂNICA DE UM ROTEIRO

Nos Estados Unidos, roteiros para programas de TV são aprovados seis meses antes de irem ao ar. As gravações dos programas geralmente ocorrem de três a seis semanas antes de sua exibição. Portanto, os redatores precisam ficar pensando em como será o mundo um ano à frente. Isso é normal. (O que acontece se o programa no qual estiver trabalhando for cancelado? Isso é normal também!)

Os roteiros precisam ter um tempo preciso. Na maioria dos casos, o tempo de exibição de um seriado é o de 24 minutos em cada meia hora. Os comerciais ocupam quatro minutos e meio, e os créditos de abertura e de encerramento podem ocupar mais de um minuto. Além disso, uma quantidade de tempo é reservada para promover o próximo episódio.

> Regra obrigatória para roteiros de TV: Não queremos que seja bom. Queremos que esteja no prazo.
>
> **– Dennis Norden**

Os primeiros esboços de roteiros são redigidos com um mínimo de indicações de cena. Somente os roteiros finais são blocados (com versões diferentes para os atores, para os câmeras e para os técnicos de som). Procure descobrir quais são as recomendações de formato para roteiros em cada emissora ou programa de TV.

Acertando na cena

Quando se acostumar com o tempo do roteiro, irá desenvolver uma noção para a quantidade lógica de personagens, cenas e cenários de determinados programas. Num seriado, não se pode deixar que o enredo fique complexo demais. Sua história na verdade não é mais do que um bom pretexto para que seus personagens interajam numa situação humorística.

> DEWEY: E aí o monstro começou a rosnar pra mim, então joguei pedras nele, e aí matei ele, e aí ele começou a voar, porque ele tinha esses foguetes, e aí deixou eu voar dentro da cabeça dele, e agora o monstro é meu amigo, e aí a gente foi... e aí a gente foi comprar sacolés.
>
> REESE: Foi nada. Você tá mentindo.
>
> HAL: Reese, se é isso que Dewey disse que aconteceu, não há motivo para vocês discutirem.
>
> REESE: Ninguém acredita que eu passei do último nível de Mortal Kombat.
>
> HAL: Porque isso é ridículo. Ninguém ganha do Sub-Zero.
>
> **– *Malcolm in the Middle***

Cenas geralmente começam de maneira sensata, mas descambam para um besteirol, antes de terminarem de repente com um corte para a próxima cena. Cada cena pode ter uns dois ou três minutos, de modo que, num programa de meia hora, pode haver de oito a dez trocas de cenas.

Quando tiver escolhido uma ou mais de suas ideias com base na pergunta *E se?*, desenvolva isto para uma sinopse de uma página. Então, com um parceiro, trabalhe em cima de suas ideias. Como reagirão os personagens? Quem tomará a frente para resolver o conflito? O que irá obstruir essas ações? Por quê?

Decomponha a ideia em diversas cenas. Geralmente trabalha-se com três cenários, então não se esparrame por todo o planeta. Seu trabalho ficará lotado de passos em falso, diálogos fracos, mas aí, por fim, de repente: que coisa brilhante! Pense no processo de reescrever seus roteiros como um luxo necessário, provavelmente o único luxo na vida de um redator que nunca tem fim.

Pensando em personagens

O maior erro cometido por redatores iniciantes é ir inserindo personagens novos que acabam por dividir os holofotes (ou tomam conta deles). Por muitas boas razões, os astros de um seriado exigem 80% dos diálogos. A plateia, também, está condicionada a ver o programa inteiro como uma plataforma para os astros que adoram. Não lute contra isto.

> RICHARD LEWIS: Não podemos marcar um almoço ou coisa assim e discutir a questão?
> LARRY: Não posso.
> RICHARD: Por que não?
> LARRY: Alguém me comprou num leilão beneficente.
> RICHARD: Como assim, cara?
>
> ***– Segura a Onda***

Houve época em que os personagens principais de um seriado sempre apoiavam a retidão moral, resquício do código cinematográfico americano que insistia em que o crime – pelo menos em filmes – não compensava. Recentemente, os personagens lutam por seus direitos, mas suas crenças quanto ao que é certo e o que é errado podem variar. Pais superprotetores, tudo bem, porque estão apenas buscando o bem-estar de seus filhos. O público pode permitir que personagens de seriados se deem bem caso sejam desastrados e queridos, mas nunca se forem malvados. Lembre-se de que *A Família Soprano* não é um seriado de humor.

Não importa quão tensa a situação possa ficar dentro de um episódio, sua história deve terminar bem. Esta construção é reconfortante para o público, que fica na expectativa de uma situação familiar a cada semana. Mas embora seu final deva solucionar o problema imediato, raramente deve solucionar o conflito básico da série. É isto que mantém o suspense.

Desenvolva seu próprio estilo

A televisão é um meio visual, de modo que aquilo que se vê deve ser ainda mais interessante do que aquilo que se ouve. Se não fosse assim, as novelas radiofônicas ainda seriam populares. Os personagens devem trajar um figurino incomum e enviar mensagens através de seus rostos, suas mãos e expressão corporal. Você deve agregar um humor físico - mesmo que seja pastelão - ao seu roteiro. O público nunca se cansa de ver a parede de uma casa cair sobre um personagem... que, quando a poeira assenta, pode ser visto incólume e ileso no espaço deixado pelo vão de uma janela.

TODD: Isso foi um elogio. Por que nenhuma mulher fala comigo?
ENFERMEIRA: Porque você é nojento e só pensa em sacanagem.
TODD: Não é verdade!... Gosto também de fazer sacanagem.

– *Scrubs*

O que marca um escritor ruim não é o fato de escrever num estilo específico, mas para ser um redator de seriados bem-sucedido você precisa escrever no estilo que funciona para aquele programa. Precisa aprender com cada humorista e cada programa. Ao redigir textos para um programa estabelecido, é aquela fórmula que você deve seguir.

LUCILLE: Vodca com gelo.
MICHAEL: Mãe, está na hora do café da manhã.
LUCILLE: E uma torrada.

– *Arrested Development*

Somente quando conseguir desenvolver a ideia de seu próprio programa (cujo sucesso terá a chance de um em dez mil de acontecer) poderá estabelecer seu próprio estilo, com seus próprios personagens.

FRASIER: Sou profundo o bastante para perceber quão raso eu sou.

– *Frasier*

VENDENDO UM ROTEIRO

Acompanhe os cadernos e as colunas de TV, além dos *sites* dedicados à televisão, para saber dos programas futuros que estejam em fase de planejamento. Anote os nomes dos produtores e dos diretores de núcleo. Leia sempre os créditos dos programas de televisão para familiarizar-se com esses nomes. Descubra como são os critérios de cada emissora, além de produtoras independentes, quanto a receberem roteiros, sinopses e sugestões de programas avulsos. Mas sua melhor aposta – talvez a mais eficaz – pode ser através de um agente ou produtora que o represente.

Para demonstrar seu talento e potencial na redação de roteiros, talvez seja melhor não tentar criar textos para programas futuros, sobre os quais você pouco sabe, e sim apresentar roteiros para episódios imaginários de programas conhecidos, principalmente os clássicos.

Se souber ler em inglês, recomendo os livros *Writing Television Comedy*, de Jerry Rannow, *Sucessful Sitcom Writing*, de Jurgen Wolff e *Writing Television Sitcoms*, de Evan S. Smith.

É HORA DO ESPETÁCULO

Uma das melhores maneiras de se aperfeiçoar na redação de seriados é escrever roteiros para programas existentes. É improvável que consiga vender esse roteiro, especialmente por estar competindo com uma dúzia de redatores profissionais já contratados, e que suam a camisa semanalmente, mas irá estabelecer parâmetros pelos quais você possa avaliar o seu trabalho.

> Aprende-se fazendo. Eu só aprendi fazendo. Continuei escrevendo e escrevendo. Falhei muito. Então descobri que estava em boa companhia.
>
> **– Selma Diamond**

Encontre um programa que reflita o tipo de humor com o qual você se sente confortável. Assista ao máximo de episódios diferentes possível, anotando o tratamento dado ao enredo, o desenvolvimento dos personagens, as locações das cenas, o tempo das piadas e os bordões recorrentes. Grave você mesmo assistindo ao programa, para se lembrar de onde você – e a claque – riram. E, depois, escreva a sua obra-prima.

CAPÍTULO 17
O negócio dos negócios

A diferença entre a palavra certa e a palavra quase certa é a diferença entre um raio e uma arraia.

– Mark Twain.

A maioria dos redatores de humor iniciantes acredita que, para alcançar o sucesso comercial, precisa criar material para o teatro, o cinema ou a televisão. Nada mais longe da verdade. Um dos maiores mercados para material humorístico atualmente não é a indústria de entretenimento, mas a área dos negócios. O humor é um meio poderoso de comunicação na propaganda, em discursos, em boletins informativos, técnicas de vendas, eventos beneficentes, publicações empresariais, *sites* na internet e mesmo em *e-mails* circulares. E as empresas estão ávidas para encontrar pessoas que tenham a capacidade de utilizar o humor como uma ferramenta de persuasão.

O VENDEDOR: JÁ OUVIU A DO...

Tornou-se uma tradição o vendedor que quebra o gelo com um cliente contando uma piada. Para essa técnica ajudar na venda, entretanto, o vendedor deve usar a piada de modo a criar uma oportunidade para o cliente dizer "Conheço uma melhor ainda".

Tive um freguês que quebrou o meu braço em dois lugares, então não vamos mais àqueles lugares.

Um dos melhores elogios que se pode fazer a alguém é: "Sabia que você tem um grande senso de humor"?

Um vendedor esperto contará uma piada ligada a um assunto que provavelmente interessará ao freguês: futebol, pescarias, netos, alguma celebridade etc. Quando determinar a área de interesse do freguês, conte piadas sobre aquele assunto a cada vez que ele retornar. Lá pelo terceiro encontro, o freguês mal poderá esperar para entrar com sua contribuição, e o vendedor deve rir com entusiasmo antes de anotar o pedido.

Vamos combinar assim?

O humor em negócios, como o de tribunal, geralmente se adverte com comentários assim: "Vamos parar que o negócio aqui é sério"! Para descobrir se o seu freguês está aberto para o humor, tente uma combinação de piadas que chamaremos de... dobradinha. Na dobradinha, após o desfecho de uma primeira piada, faz-se uma pausa (que não deve durar mais do que dois ou três segundos), e a seguir se entra com um desdobramento da piada anterior. Os dois desfechos fazem rir - ou pelo menos sorrir - mas a pausa provoca um riso maior na segunda piada, porque o ouvinte não a esperava... a não ser, é claro, que você a entregue antes.

Diretor de empresa para funcionário nervoso: Só posso fazer uma pessoa feliz a cada dia, e hoje... não é o seu dia. (Pausa) Para amanhã também as perspectivas não são boas.

No exemplo acima, a segunda frase já vem prevista pela frase de abertura, de modo que o combinado não combina muito bem.

Cirurgião para paciente: Tenho duas notícias boas. A primeira é que nunca fiz esse tipo de cirurgia com risco de morte, mas passei a noite acordado pensando nos procedimentos. (Pausa) Procedimentos que não vou ter que te explicar antes já que você estará acordado acompanhando toda a operação. O anestesista faltou hoje.

Se não arrancar um riso ou ao menos um sorriso por uma técnica tão certeira quanto o combinado, então limite-se a vender os produtos (porque se não acertar de primeira, vai ver que sua esposa tinha razão).

PROPAGANDAS QUE PROPAGAM O HUMOR

O excesso de mensagens atualmente nos anúncios e comerciais faz com que seja cada vez mais difícil conseguir a atenção do público. Pesquisas na publicidade indicam que quase mil anúncios competem a cada dia por nossa atenção, e nossa capacidade de prestar atenção torna-se cada vez menor, devido à exposição a uma infinidade de distrações. Se conseguir se lembrar de um anúncio que viu ontem, não é apenas muito perspicaz, mas também uma exceção.

O humor na publicidade é como o casamento. Sempre poderia ser melhor, mas ninguém sabe o que o faz funcionar.

O ramo da publicidade não tem o direito de chatear até a morte 250 milhões de americanos. O público tem tomado na cabeça com o porrete da venda insistente por tanto tempo que é difícil passar alguma mensagem pelas cicatrizes.

– Stan Freberg

A propaganda é antes de tudo um negócio, e só depois uma forma de arte. O sucesso de um produto mede-se na caixa registadora e seu sucesso pessoal mede-se no banco. Críticas elogiosas não significam nada, se o produto não vender.

Pode-se enganar a todos o tempo todo, se a propaganda for bem feita e o orçamento for bem extenso.

– Joseph E. Levine

Na publicidade existem onze técnicas criativas que são comuns.

1. depoimentos
2. humor
3. jogos de palavras
4. recursos de memória
5. propostas de vendas incomuns
6. comparações entre produtos
7. solução de problemas
8. insinuações de ordem sexual

9. novas apresentações de produtos
10. preços dos produtos
11. jingles musicais

A popularidade do uso do humor como técnica de propaganda tem crescido tanto que se tornou um dos métodos mais eficazes para persuadir um público alvo a se lembrar de um produto e a experimentá-lo. Dos 45 anúncios numa transmissão típica do Super Bowl* - cada um dos quais podendo custar um milhão de dólares para ser produzido - 30% tem propósitos humorísticos. Mas o humor é também um dos conceitos publicitários mais difíceis. É muito subjetivo, esquivo e está mudando constantemente. Entregue a mesma tarefa humorística para cem diretores de criação, baseada nos mesmos dados, e terá cem campanhas diferentes. Sem poder testar todos, será impossível prever qual terá maior retorno de público. E assim que se estabelecer uma regra geral, tal como "os anúncios engraçados devem ser criados apelando para uma sensação de prazer ao invés de um sentido lógico", alguém quebrará a regra e emplacará um comercial de sucesso.

Ao mesmo tempo, proliferam os céticos do humor como técnica publicitária eficiente.

> O mundo inteiro adora um palhaço, mas ninguém compra nada na mão dele.
>
> **– David Ogilvy**

> O humor não tem essa estatura toda pois não há uma só frase engraçada nos dois maiores livros de vendas de todos os tempos: o catálogo da Sears e a Bíblia.
>
> **– Andy Rooney**

Os custos de um comercial, que são altos, precisam ser amortizados, de modo que os anúncios devem ficar no ar por um período máximo de campanha e sem cansar o público. Com um humor previsível, um anúncio terá pouca expectativa de vida e logo deixará de ser engraçado. – O humor sempre funciona, e o humor inesperado funciona melhor

* N.T.: Grande final do campeonato de futebol americano, cuja transmissão alcança os maiores picos de audiência do ano.

ainda – disse Bob Lachky, da agência Anheuser-Busch. Anúncios que fazem uso de um humor imprevisível, fresco ou surpreendente continuarão a fazer as pessoas rirem por toda a duração de uma campanha.

É preciso haver, contudo, um equilíbrio entre a mensagem e a piada. O exagero no uso do humor pode, ao fim, ser contraproducente, por uma série de motivos.

1. O riso pode distrair as atenções da mensagem sobre o produto.
2. O humor chama a atenção, mas aí, quando entram os pontos de venda, o público pode-se ressentir de ter sido enganado.
3. Uma atitude favorável em relação ao produto pode ser anulada por um humor de gosto duvidoso.

A publicidade criativa está cada vez mais cara, e o lançamento de um produto no mercado exige um orçamento tal que a perspectiva de um fracasso torna-se algo aterrorizante. Os comerciais humorísticos, diferentemente dos comerciais a sério, têm duas maneiras de fracassarem. Podem não ter graça, e serem irritantes, e podem ser tão engraçados que o nome do produto, sem falar em suas características, se perde na piada.

HOMEM PARA OUTRO: Vi um anúncio muito engraçado ontem. Esse sujeito num bar está aconselhando um amigo sobre as cantadas infalíveis para usar com as mulheres. O amigo vai colocar isso em prática, mas aí vira pra mulher e diz:
– Dá mais uma choradinha, dá?
"Só que isto era um comentário à parte que o sujeito estava dizendo para o garçom que naquele momento servia um uísque. É claro que a mulher deu o maior tapa no mané.
OUTRO HOMEM: É, legal mesmo. Qual era o nome do produto?
PRIMEIRO HOMEM: Não me lembro, mas que era engraçado, era.

A piada nunca deve ser às custas do produto ou de seu usuário fiel. Tanto o produto quanto o seu anunciante devem parecer simpáticos. E os dados do produto devem ter maior ênfase do que a parte humorística.

Comerciais na TV: quem vai ao ar garante o seu lugar

Os publicitários que precisam atingir o alvo demográfico influente das mulheres entre 18 a 49 anos poderão ficar impressionados com o peso do humor nos anúncios veiculados para esse segmento. Segundo uma pesquisa realizada pela Oxygen Media, 93% das mulheres nessa faixa etária não só adoram os anúncios engraçados, quando os veem pela primeira vez, como gostam muito de ver os anúncios, quando esses passam novamente; e 88% disseram que não mudariam de canal durante um intervalo, se entrasse um anúncio engraçado. Quando as gerações futuras abrirem as cápsulas do nosso tempo, terão certeza de que todas decisões importantes de nossas vidas foram tomadas em trinta segundos. E podem ter razão.

Anúncios humorísticos transformam bocejos em desejos.

Se Moisés recebesse os Dez Mandamentos hoje em dia, aquelas manchetes que ficam passando na parte de baixo da tela nos telejornais atuais noticiariam o fato assim:

Direto do Oriente Médio, Moisés: "Deus é Dez"

E quando a notícia fosse lida pelos apresentadores seria assim:

Moisés encontrou-se com Deus na cúpula do Monte Sinai e recebeu de suas mãos os Dez Mandamentos divinos. Voltaremos com os três mandamentos mais importantes depois dessa mensagem do nosso patrocinador.

Os sete assuntos e formatos mais eficazes na publicidade com humor são também, logicamente, os mais populares:

1. cartuns
2. bichinhos antropomórficos
3. humor físico e pastelão
4. o pobre coitado
5. humoristas famosos dando depoimentos
6. jogos de palavras
7. criancinhas

Outros formatos e temas são usados com menos frequência, porque são carregados de problemas. O anúncio de uma só piada perde a graça rapidamente; piadas de conotação sexual podem afastar o público e as agências reguladoras da publicidade; situações absurdas podem gerar um humor bobinho, e situações com trocas de identidade podem dar a impressão de estarem gozando com a cara do consumidor.

Humor impresso: vale o que está escrito

Somente 15% dos leitores de anúncios impressos chegam a dedicar o tempo necessário para ler todo o seu texto. Assim, 85% do impacto de um anúncio recai sob a responsabilidade do título e da ilustração. Se não atraírem o olhar de um leitor, nada evitará que ele vire logo a página.

O humor é um dos conceitos que melhor cumprem essa tarefa. Funciona também como refresco. Os fabricantes de produtos que estão há muitos anos no mercado (particularmente marcas de cerveja) geralmente usam campanhas curtas com anúncios humorísticos, como meio eficaz de dar vida nova ao produto e torná-lo mais memorável.

Existem cinco técnicas criativas principais através das quais a propaganda impressa faz uso do humor.

1. trocadilhos ou jogos de palavras nos *slogans*
   - Deus é como a aspirina Bayer: faz milagres
   - Deus é como a lâmpada GE: faz-se a luz
   - Deus é como a Philco: tem coisas que só ele faz por você
   - Deus é como um Volkswagen: você conhece, você confia
2. anedota no corpo do texto
3. humoristas profissionais falando do produto
4. imagens sensuais ou engraçadas
5. cartuns ou tiras em quadrinhos

Humor no rádio: transmissão de pensamentos

Os quatro formatos mais comuns na publicidade radiofônica são:

1. o texto direto
2. um *release* sobre o qual o locutor improvisa
3. o *jingle*
4. o esquete humorístico

Obviamente, o humor funciona melhor como um esquete. O humor de esquetes alcançou o auge de sua popularidade na publicidade americana nos anos 70 e 80 quando Dick Orkin e Bert Berdis produziram inúmeros *spots* premiados, com o Clio para o molho de tomate Concertina e a revista *Time*, e Stan Freberg criaram *spots* humorísticos para a comida chinesa enlatada Chun King Chow Mein. Esses esquetes, com seus conflitos e resoluções, duravam 60 segundos e eram apresentados brilhantemente com duplas de humoristas – como Jerry Stiller com Anne Meara; Bob e Ray – interpretando personagens engraçados em situações anormais. Essa técnica levava os ouvintes a acreditarem que estavam ouvindo uma conversa particular. O absurdo desses anúncios possuía a característica rara de tanto fazer os ouvintes rirem quanto chorarem.

Para dar certo, o humor radiofônico requer redatores espertos e fregueses com muito senso de humor. Os esquetes nunca fazem rir às custas do produto, mas fazem rir com o produto... diferença que muitos redatores deixam de ver.

"Realmente não há nada que não possa ser vendido através do humor", alega Berdis, e para comprovar isto criou anúncios para uma tumba "localizada sete palmos abaixo de Cleveland".

A fórmula para o humor de esquetes tem uma estrutura rígida.

1. Sendo o rádio um meio que funciona como uma trilha sonora de fundo, nos primeiros cinco segundos devem ser usados palavras ou efeitos sonoros que chamem a atenção.
2. Os primeiros três a cinco segundos devem também estabelecer claramente qual o local e os personagens principais. Os comerciais no rádio geralmente apresentam personagens estereotipados, pois não há chance para um ouvinte confuso voltar para o início do texto.
3. Os ouvintes devem simpatizar imediatamente com os personagens e a sua trama ("Ih, eu também já passei por isso"). O roteiro deve ser construído em cima de uma situação embaraçosa. O humor dependerá do final surpreendente.
4. A porção humorística do anúncio deve estar toda concentrada numa única parte do anúncio. A vítima da piada deve ser facilmente identificável, ao desenrolar lentamente a corda que acabará por enforcá-lo.

5. O anúncio deve vender o produto e não apenas entreter o público. Num *spot* de 60 segundos o nome do produto deve ser citado quatro ou cinco vezes. E o anúncio deve ser realista. O fato de apresentações de humor muitas vezes dependerem de uma suspensão da incredulidade não quer dizer que o humor publicitário possa usufruir de associações fictícias.
6. O desfecho do comercial, de modo geral, não deve passar de umas poucas palavras, certamente não mais de uma ou duas linhas. E deve resolver o conflito.
7. O anúncio deve terminar de maneira adequada. É estranho, mas poucos redatores sabem como criar uma cena de despedida que não termina sem mais nem menos. A última frase é uma última chance para estabelecer o ponto de venda mais persuasivo do anúncio.

Sublinhando todos esses pontos há o fato de que a imaginação de um ouvinte não tem limites. Pode-se levá-lo a qualquer época da História. Repare como todos os pontos acima estão contidos nesta joia de 60 segundos:

LOCUTOR: Stiller e Meara para o vinho Freira Azul.
STILLER: Boa noite, senhorita. Está sozinha?
MEARA: (soluçando) Sim!
STILLER: Posso lhe servir alguma bebida?
MEARA: Manicotti.
STILLER: Ah, sinto muito, nosso estoque de Manicotti acabou.
MEARA: Não, estou falando do Carmine Manicotti. Ele acaba de terminar o nosso noivado. Pediu a mãe dele para me telefonar comunicando.
STILLER: Que cara de pau!
MEARA: Não, até que ela foi bastante simpática.
STILLER: Não, estou falando do tal de Carmine. Bem, posso sugerir então o Mar & Terra?
MEARA: Isto é algum novo ponto de paqueras?
STILLER: Não, Mar & Terra é a nossa nova e deliciosa combinação de lagosta e filé mignon. E para animar a sua noite, um vinho muito especial.
MEARA: Mas não existe vinho que combine tanto com carne vermelha quanto com frutos do mar.

STILLER: Existe sim. Posso lhe trazer uma Freira Azul?
MEARA: Bem, pode ser que ela me traga algum conforto, mas na verdade prefiro ficar sozinha.
STILLER: Não, senhorita, Freira Azul é o nosso vinho. Um vinho branco delicioso que vai bem com qualquer prato. Combina com carnes e combina com peixes. E para a sobremesa, recomendo o manjar.
MEARA: Não estou vendo manjar aqui nas sobremesas.
STILLER: Não, este sou eu, Ricardo Manjar. Saio às onze. Depois disto, a cidade é nossa.
LOCUTOR: Freira Azul, o delicioso vinho branco que vai bem com qualquer prato. Mais um vinho Sichel, importado diretamente da França.
MEARA: Fabuloso! Eu não sabia como era gostoso.
STILLER: Quem, eu?
MEARA: Não, Freira Azul!

COMEDIANTES COMO PORTA-VOZES: LIGANDO A CARA AO PRODUTO

Uma das técnicas humorísticas no rádio e na televisão é o uso de comediantes célebres como porta-vozes dos produtos. Os benefícios podem ser evidentes, mas os riscos podem ser muitos.

Astros da comédia brigarão para que seus próprios redatores de humor criem o material a ser usado. Sua reputação baseia-se numa noção específica do que seja engraçado, e provavelmente sentem que seus próprios redatores conhecem melhor o seu estilo. No final, endossam qualquer coisa – desde que não seja leproso – se puderem endossar primeiro o cheque. Mas o que importa mais para eles é a necessidade de satisfazer os seus fãs. Sendo assim, brigarão para terem frases no texto que provoquem risos, quer seja ou não benéfico para o produto.

Eu masco o chiclete Beechnut há 25 anos e seu preço continua o mesmo. Ou estão vendendo com um grande desconto agora ou era uma grande enganação naquela época.

– Bob Hope

Alguns críticos alegam que os comediantes são porta-vozes arriscados porque não são levados a sério. Podem ser também tão marcantes na mente do público que acabam aparecendo mais do que o produto. Durante 11 anos, o comediante Jonathan Winters, vestido num uniforme de limpeza pública, gravou comerciais para os sacos Hefty, mas os sacos Glad continuaram sendo os campeões de venda.

O problema é que as pessoas insistiam em me perguntar se eu gostava de fazer aqueles anúncios para os sacos Glad. Isso revela algo sobre os sacos, ou revela algo sobre mim.

– Jonathan Winters

Sim, apesar de o rádio ser um meio poderoso para o humor, existem poucos *spots* veiculados nacionalmente. Isso significa que a maioria dos comerciais é criada localmente para clientes locais. E, sendo que as agências da região e menores raramente são especializadas em humor, a comédia de esquetes no rádio tornou-se algo raro... e deixou de ser algo bem feito.

OS MERCADORES DE SONHOS

Sendo de veiculação local ou nacional, a publicidade humorística deve ser escrita por especialistas. O humor satírico tem quase tanta variedade quanto a linha de alimentos Heinz, mas não é uma panaceia para uma criatividade inferior. Por outro lado, o humor fatura o maior número de prêmios nas competições publicitárias de melhores do ano, e é o caminho mais rápido para o sucesso de crítica.

O sujeito que você precisa realmente atingir com os grandes anúncios humorísticos é o diretor de criação da principal agência de publicidade concorrente. Se ele ficar apavorado, você está feito.

– Howard Gossage

Os iniciantes têm dois palcos maravilhosos onde podem praticar seu humor sem temer o fracasso comercial: a rádio e o jornal locais. Comerciantes locais geralmente abrem espaço para as tentativas dos novatos de se tornarem criadores talentosos. Mas a concorrência aumenta a cada ano. Se conseguir tornar-se realmente capaz de veicular seu material humorístico regularmente, poderá tentar uma vaga em qualquer agência de publicidade do mundo.

BOLETINS INFORMATIVOS: MELHORANDO AS NOTAS

Todos os formandos em relações públicas sabem que uma das primeiras tarefas que receberão em seu primeiro emprego será a de redigir ou editar o boletim informativo de uma empresa. O humor pode tornar um texto mais legível, e as informações mais marcantes, em boletins informativos dirigidos aos empregados, à equipe de vendas, ou para a clientela no varejo e no atacado.

Independentemente do público alvo, pode-se incluir o humor no material informativo de uma empresa através de jogos de palavras nos títulos e nas legendas. O humor pode aumentar a moral dos leitores quando injetado numa carta do presidente da empresa, que sem um toque humorístico tende a ser algo penoso de se ler; ao acompanhar as imagens ilustrativas de alguma história ligada à empresa; na seção de cartas, e nas colunas de conselhos para os leitores.

Os empregados adoram ver seus nomes impressos. Os boletins de uma empresa podem satisfazer esse desejo e agregar humor ao seu material, publicando anedotas e piadas onde se inserem nomes reais dos empregados.

Como relatou a revista *Fortune*, histórias a respeito de executivos que levam seus produtos a sério, mas não se levam a sério, sempre têm uma boa recepção.

É HORA DO ESPETÁCULO

O humor no mundo dos negócios pode começar pela sua própria mensagem na secretária eletrônica. Transforme sua mensagem padrão em algo engraçado.

Por favor deixe seu nome, número de telefone e número de cartão de crédito – esse último é o mais importante – e retornarei assim que puder.

Ao impregnar suas mensagens de secretárias eletrônicas com humor, você imediatamente marca a sua personalidade e estabelece suas habilidades, fazendo com que seu recado seja lembrado. Escolhendo bem as palavras pode-se gravar uma mensagem ótima em menos de 10 segundos. Quando você retornar a ligação e se identificar, quase poderá ver o sorriso no rosto de quem lhe telefonou. Já sabem que conversar com você – mesmo sobre negócios – será divertido. A popularidade gera o sucesso.

A redação de mensagens para secretárias eletrônicas é também um dos melhores exercícios de aquecimento para o humor. Já que se pode apagar e trocar as mensagens com facilidade, você tem aí inúmeras oportunidades para encontrar a mensagem que provoca a melhor reação. E é uma forma de comunicação comercial que não custa um centavo.

Ao som do bipe, deixe o seu recado e retornarei assim que puder, a não ser que esteja me convidando para jantar, e nesse caso retornarei imediatamente.

Se for minha mãe: por favor mande mais um cheque. Se for aquela garota com quem saí ontem à noite: como é mesmo o seu nome? E se for meu professor, querendo saber por onde andei essa semana toda: peguei uma doença contagiosa de tanto me aborrecer com suas aulas.

Obrigado por ligar para o Disk-Paranormal. Não estou no momento, mas deixe seu número e o que vier à sua mente ao ouvir as seguintes palavras: ameixa, mãe e unicórnio. Deixe também um breve histórico de suas moléstias atuais. Obrigado.

Oi, não estou... Agora é você quem fala.

CAPÍTULO 18
Ensinando, aprendendo, rindo

> Não é o que é ensinado, mas o que é apreendido. E, quando conseguimos que as bocas de nossos alunos se abram em risos, podemos enfiar ali um pouco de alimento para o intelecto.
>
> **– Virginia Tooper**

O humor é uma ferramenta que comprovadamente aumenta a retenção de informações e aprimora as instruções passadas aos alunos. Pesquisas demonstram que o humor enriquece o aprendizado ao aumentar o interesse e a atenção dos alunos, fazendo com que mesmo o assunto mais árido ganhe vida. O humor também reduz a ansiedade em relação a questões desafiadoras e faz com que conceitos difíceis fiquem mais claros e fáceis de serem memorizados. Mais importante: o humor acaba por promover a criatividade, o senso de exploração e o pensamento crítico, habilidades que os alunos carregam consigo pelo resto da vida.

O uso apropriado do humor também cria um ambiente positivo na sala de aula, que abre as mentes, fomenta a comunicabilidade e encoraja uma participação ativa. E permite que os professores moldem e reforcem uma lição educativa essencial: aprender é divertido.

O interesse crescente pelo humor didático cria oportunidades novas para redatores de humor. As editoras de material didático e de treinamento de pessoal - como livros, apostilas e vídeos instrutivos - buscam cada vez mais redatores cujo toque de leveza pode transformar matérias temidas em aulas interessantes e marcantes. John Cleese, famoso por ser integrante do Monty Python, usa o humor para ensinar princípios de administração na sua linha de vídeos de treinamento empresarial que alcançaram um enorme sucesso. Sua filosofia didática é simples:

Quem ri mais, aprende melhor.

UMA SALA DE AULA NÃO É UM CLUBE DE COMÉDIA

O público espera que os humoristas sejam engraçados e divertidos. Os alunos esperam que os professores sejam cansativos e pedantes. A noção de que o aprendizado é algo maçante acaba reduzindo as exigências em relação a piadas. Formas simples de humor que fracassariam num programa humorístico – como trocadilhos e charadas – podem funcionar no humor didático. Os alunos apreciam qualquer tentativa de humor, e as pesquisas atestam que os professores que utilizam o humor são vistos como mais entusiasmados e cativantes.

Não se esqueça, porém, de que, enquanto o uso sistemático e planejado do humor pode incrementar o aprendizado, o humor pode ser tanto um lubrificante quanto um irritante didático. Quando utilizado de maneira apropriada, como observamos acima, o humor pode amenizar a ansiedade dos alunos, aumentar a sua compreensão e promover o pensamento crítico. Mas um humor que seja depreciativo ou que ridicularize as pessoas não tem cabimento num ambiente educativo, e o humor em excesso, além de desnecessário, pode distrair os alunos. O uso criterioso, apropriado ao aperfeiçoamento e em seu devido tempo, faz com que o processo de aprendizado seja prazeroso e memorável. O humor deve lidar com uma meta didática específica. Caso uma piada não seja adequada para aquela questão, os alunos lembrarão mais da piada do que do conceito.

Um professor em Oklahoma ficou encrencado depois de fazer uma cirurgia num gato em plena sala de aula. Ainda mais porque ele é professor de matemática.

– Conan O'Brien

Absolutamente correto... politicamente.

O humor didático não pode ser excludente e deve evitar qualquer impressão de estar ridicularizando pessoas ou promovendo estereótipos de grupos. O humor sexista, racista, depreciativo ou obsceno nunca será adequado. Mesmo uma observação mais jocosa pode ser vista como ofensiva.

Como professor é importante ser politicamente correto. Aprendi a não dizer para um aluno que ele terá que repetir minha matéria e sim que teremos mais um semestre para que possamos nos conhecer melhor.

– Bonnie Cheeseman

Dada a natureza ambígua do humor, o alvo mais seguro das piadas é o próprio professor. O humor autodepreciativo deixa os alunos mais à vontade e evita que se menospreze ou segregue um deles. "Ei, mas que comentário mais idiota acabei fazendo!", dito em seguida a algum engano cometido pelo professor, permite que os alunos vejam o seu mestre como sendo mais humano.

Alguns de vocês podem ter ouvido falar que eu sou injusto, muito rígido e um tanto chato. Para aqueles que não falaram ainda com minha esposa...

A maioria dos assuntos ligados a atualidades e a membros importantes da comunidade são alvos adequados, mas devem ser escolhidos com cuidado.

MAPeando os alunos

O papel do público na teoria do MAP, descrito no primeiro volume deste livro, torna-se ainda mais crítico no humor didático. O material humorístico deve estar voltado para os alunos, levando em consideração os fatores culturais, de gênero e as diferenças de idade. Uma piada que funciona num ambiente de grupos de estudantes pode fracassar em outro. Mas o humor deve também se adequar ao assunto discutido e refletir a personalidade do professor.

Também é essencial reconhecer as diferenças de aprendizagem na apreciação do humor. As crianças do jardim de infância ao sexto ano adoram jogos de palavras como trocadilhos, charadas e rimas engraçadas. Quanto mais bobinha a piada, melhor a resposta a ela.

Conhecem a piada do pinto? Não? Piu.

Sabem o que uma impressora disse para a outra?
Essa folha é sua ou é impressão minha?

O que é um pontinho brilhando dentro do açucareiro?
Uma formiga de aparelho.

O garotinho puxou o braço da mãe: Olha mamãe, um caminhão voando.
E a mãe respondeu: Deve ser um caminhão-pipa.

Usar o mesmo humor com crianças mais velhas poderá resultar naqueles olhares de "mas que professor idiota". Para os alunos do segundo grau ou para adultos que estejam estudando, a sátira, a paródia e a ironia são mais apropriadas. Alunos mais velhos apreciarão, por exemplo, as irônicas "Leis de Murphy Aplicadas ao Terror":

Ao rever suas anotações antes de uma prova, descobrirá que as mais importantes são as ilegíveis.

Oitenta por cento da prova final serão em cima da única aula a que você faltou.

Se o deixarem consultar o livro durante uma prova, terá esquecido o livro em casa.

Se o deixarem fazer a prova em casa, terá esquecido onde mora.

Sempre que possível, os interesses e os dados demográficos dos alunos devem ser identificados antes das tentativas de piadas. Isto pode ser um desafio, dada a diversidade de uma típica turma escolar, e é praticamente impossível nas aulas à distância, como nos cursos de correspondência ou pela internet.

MANDA QUEM PÓDIO

Palestras, apresentações e oficinas seguem os mesmos princípios que os discursos. Quer esteja falando para alunos do ensino fundamental sobre estudos sociais, alunos do segundo grau sobre economia ou funcionários de empresas durante uma sessão de treinamento gerencial, é preciso focar na sua mensagem. Use o humor para reforçar a mensagem, não para sobrepujá-la. Eis algumas técnicas que poderá usar na hora de subir ao pódio.

Entre arrebentando

Alunos rotulam rapidamente os professores. Abrir com uma piada ou anedota engraçada passa o recado: "Isto será divertido".

Nunca vou esquecer meu primeiro dia de aula. Mamãe me acordou, me vestiu, arrumou minha cama e fez um mingau para mim. Cara, como o pessoal do dormitório me zoou.

– Michael Aronin

Minha educação foi péssima. Frequentei uma escola para professores com deficiências emocionais.

– Woody Allen

Eu sabia que as aulas tinham começado porque vi um carteiro comprando munição de um aluno da rede escolar de Nova York.

– David Letterman

Outras maneiras de abrir a sua fala incluem um subtítulo engraçado, uma imagem ou um cartum com uma legenda humorística, inserir na chamada nomes fictícios e ridículos, exagerar os objetivos da turma, reformular uma citação famosa, ou introduzir o seu assunto fazendo um comentário perspicaz.

A palestra de hoje consistirá numa experiência: metade da turma vai receber informações, enquanto a outra metade receberá placebos.

– Matt Coleman

O tema de hoje é o *dejà vu*: me avisem se já ouviram isto antes.

Uma brincadeira divertida para quebrar o gelo, que funciona em qualquer nível e assegura uma interação entre o grupo, é a atividade *Encontre Alguém Que*. Prepare um exercício impresso solicitando que os alunos obtenham os nomes de seus colegas baseado em traços físicos (quem é o mais alto, quem tem a mesma cor de cabelo) ou preferências pessoais (quem gosta da mesma música ou vive na mesma rua). Inclua também itens humorísticos (quem tomou banho esta semana) e detalhes pertinentes ao assunto da aula.

Dando um refresco

Quando os olhos começam a ficar embaçados está na hora de reduzir a marcha. Como um recurso de transição o humor fornece um recreio mental para os alunos. O truque é fazer um sanduíche com o humor: passe um conceito, use o humor para recuperar a atenção dos alunos e resuma o princípio da coisa. As transições humorísticas precisam ser curtas para serem eficazes. Se usar uma anedota, lembre-se de ser breve. Se a transição demorar muito, será difícil acalmar os alunos para que voltem ao tema da aula.

Eu era professora substituta. A pior. Nunca vou me esquecer dessa aula em que eu estava substituindo uma professora do segundo ano chamada Susan. O dia inteiro esses pirralhos pentelhos ficavam dizendo "A Susan não faz assim. A Susan deixa a gente brincar. A Susan traz balinhas pra gente. A Susan é mais bonita do que você". "Ah é? Pois a Susan morreu."

– Cathy Ladman

Quando menos se espera

Os professores podem preparar de antemão comentários para quando a aula for interrompida por algum acontecimento inesperado. (Semelhante às frases preparadas para discursos e apresentações ao vivo.)

Sirene de polícia: Eu sabia que não deveria ter estacionado na vaga da diretora.

Passa um avião: Ih, lá vai minha carona.

Falha na aparelhagem de som: É o que acontece quando se compram as coisas no Ebay.

Aluno entra atrasado: Bem, acho que vou ter que começar a aula toda de novo...

Toca o sino antes da hora: Suas preces foram atendidas.

Toca um celular: É pra mim? Como me descobriram aqui?

Rindo por último

Peças de humor mais longas, como exercícios engraçados, cabem melhor na hora de concluir uma lição ou no final da aula. Uma maneira popular para fechar a sua fala é a lista dos dez mais.

DEZ MELHORES DESCULPAS PARA NÃO ENTREGAR UMA TAREFA DE CASA

10. Pensei que o dia de São Felício fosse um feriado.
9. Meu *pitbull* comeu minha fuinha que comeu meu dever de casa.
8. Depois de ver o programa da Oprah, percebi que fazer o dever de casa diminui a minha autoestima.
7. Fiquei muito abalada com o capítulo da novela.
6. Acho que tenho transtorno de déficit de atenção.
5. Eu fiz a tarefa mas ela foi confiscada pela polícia.
4. Tentei fazer, mas não achei as respostas no Facebook.
3. Minha mãe não teve tempo de fazer minha tarefa de casa.
2. Tomei um porre e achei que estava comemorando a minha formatura.
1. Ei, o Bush não fazia o dever de casa e virou presidente.

QUANDO O GRUPO AGRUPA

O humor numa sala de aula pode ser mais do que uma piada aqui e uma anedota ali. Pode ser uma visão inovadora. Os exercícios em grupo, por exemplo, provocam pela sua própria natureza uma interação animada entre os alunos. Quando se acrescenta o humor à receita, os exercícios tornam-se ainda mais engajantes e as lições mais marcantes. Por exemplo, pode-se apimentar uma leitura de cena de *Romeu e Julieta*, de Shakespeare, pedindo à turma que a interprete como um *rap*, ou pode-se transformar a letra do Hino Nacional numa historinha infantil.

Outras atividades em grupo com toques humorísticos:

- criar uma página de sua turma na internet com piadas, charadas, trava-línguas, anedotas engraçadas, poemas e canções criados pelos alunos
- desenvolver uma teoria ou o tema de uma aula como uma tira ou história em quadrinhos ou como um mural grafitado numa parede

- encenar julgamentos de figuras históricas notórias
- interpretar teatralmente as funções de diversas partes do corpo
- criar um quadro de avisos com jogos de palavras ou um álbum no qual se vão acrescentando casos de homônimos, eufemismos, duplo sentidos e associações.

Mesmo a comida descartável pode ter um propósito educativo. O Projeto Twinkies (www.twinkiesproject.com) ensina métodos científicos através de experimentos com esse bolinho muito popular nos EUA e conhecido por sua durabilidade devido ao excesso de conservantes. As experiências consistem principalmente do abuso de *twinkies* em situações extremas (atirando-os do alto de um arranha--céu, bombardeando-os com radiação).

Escrever pode ser divertido

Os exercícios de redação criativos dão oportunidades para que o humor seja introduzido na sala de aula, fazendo com que uma tarefa rotineira fique interessante e divertida. Por exemplo, pedindo a alunos que criem manchetes engraçadas - porém corretas nos fatos - para descobertas científicas do passado. Os alunos não só aprenderão a apreciar o assunto de uma nova maneira como também aperfeiçoarão suas habilidades para pensar de forma crítica (e para criar manchetes). Outros exercícios criativos de redação com um molho humorístico:

- modificar provérbios, quadras infantis ou máximas de sabedoria popular utilizando nomes e princípios ligados ao que se está estudando
- compor um dicionário de definições fictícias para termos usados no tópico da aula
- criar frases ou palavras engraçadas que ajudem a memorizar os conceitos ensinados
- acrescentar novas legendas para as fotografias e ilustrações dos livros didáticos
- criar disparates intencionais para citações famosas
- transformar princípios conceituais num quadro de *Vila Sésamo* ou outro programa infantil
- gerar previsões malucas baseadas em teorias ou princípios existentes

- criar apelidos, adesivos de automóveis, *posters* de *Procura-se*, últimas palavras, biscoitos da sorte ou currículos para figuras históricas

As duas palavras mais importantes na redação do humor, *E se?*, também podem dar vida à mais chata das tarefas de casa: as redações. O estímulo provocado pela pergunta *E se?* pode ser usado para inspirar tarefas criativas para escrever redações que sejam originais e engraçadas e que incentivem os alunos a verem seus personagens sob uma nova luz. Por exemplo, e se:

- criaturas dos contos de fada fossem investigadas por uma CPI (Pinocchio, por exemplo, por calúnia e difamação)?
- os mapas fossem refeitos com nomes engraçados para localizações geográficas ou marcos históricos?
- histórias infantis tivessem que obrigatoriamente ser reescritas de modo a ficarem politicamente corretas (a galinha ruiva decide fazer uma horta comunitária?)
- os animais pudessem falar?
- crianças tivessem elaborado a nossa Constituição ou os estatutos do colégio?

Entremear uma tarefa escolar com toques humorísticos tem um benefício oculto para o professor: fornece material humorístico para os próximos cursos. (A não ser que você seja Art Linkletter ou Bill Cosby, e aí poderá transformar esse material todo num livro.)

Mostra! Mostra!

O humor visual – com cartuns, ilustrações e fotografias – funciona excepcionalmente bem numa sala de aula: parece haver uma norma estipulando que todo professor exiba pelo menos uma tira do Garfield durante o seu curso. As legendas que acompanham o recurso visual (ou os recursos visuais que acompanham uma legenda) podem ser reformatadas como piadas. Ao discutir o nível de dificuldade de um exame, mostre uma foto de pessoas apavoradas, com caras engraçadas, e declare "E é assim que os alunos se sentem depois dessa prova". Uma imagem adulterada através de algum programa de computador também produz resultados humorísticos. Câmeras digitais são agora um meio popular de se produzirem vinhetas instrutivas e engraçadas.

> Uma boa aula tem um quarto de boa preparação e três quartos de boa encenação.
>
> **– Gail Goodwin**

Adereços como fantoches, animais empalhados ou figurinos podem animar uma aula. Professores que tenham uma queda pelo teatro podem se fantasiar e desempenhar o papel de figuras históricas, como Abraham Lincoln discutindo a Guerra Civil americana, ou Einstein discutindo física.

SEGUINDO O CURSO

O humor dá um molho aos sumários, cópias xerox, transparências e outros materiais didáticos. Como exemplos de jogos de palavras, pode-se colocar nomes idiotas, títulos ou manchetes engraçadas, oxímoros e termos e definições parodiando a realidade. Exemplos de humor exagerado incluem autodepreciações; números, conceitos ou frases distorcidas, e estudos e pesquisas absurdas.

> Gosto do professor que além do dever passa coisas para você pensar em casa.
>
> **– Lily Tomlin**

Periódicos com *sites* na internet, como o *Journal of Polymorphous Perversity* (www.psychhumor.com) e o *Annals of Improbable Research* (www.improb.com)* oferecem uma seleção rica de teorias e estudos exagerados, como os seguintes:

> A Lei da Cavidade
> Carpintaria com Macacos-Prego
> Os Maiores Sucessos da Banda Magnética

* N.T.: em português os títulos dessas publicações insólitas seriam *Revista da perversidade polimorfa* e *Anais da pesquisa improvável.*

Pondo o humor à prova

O humor pode aliviar a pressão das provas por diversas maneiras.

> No ginásio, eu não conseguia passar em nenhuma prova de matemática. Eu não conseguia passar em nenhum *antidoping*. Deve haver uma relação entre as duas coisas.
>
> **– Lynda Montgomery**

Instruções para as provas podem incluir um comentário espirituoso, respostas ridículas podem ser acrescentadas às questões de múltipla escolha, nomes de alunos podem ser incorporados às perguntas, e questões absurdas ou de conhecimentos gerais podem também cair na prova. O teste pode também terminar com uma questão final humorística.

> A prova terminou e você
> A. espera que tudo isso seja um pesadelo
> B. deveria ter lido o livro
> C. deveria pelo menos ter comprado o livro
> D. lamenta que seja tarde demais para largar o curso
> E. NRA

O *E-MAIL* É A MENSAGEM

Em termos universitários, colocar humor nas comunicações *online* com os estudantes é outra maneira de conquistar o seu interesse. Os alunos geralmente fazem as mesmas perguntas, tal como: se determinada questão cairá na prova. Os professores podem preparar respostas pré-fabricadas com citações divertidas ("Como disse o Shakespeare...") relativas às perguntas.

Fóruns e grupos de discussão fornecem outras oportunidades para o uso do humor. Os alunos devem ser incentivados a participar nas atividades humorísticas da classe, postando piadas, coletando comentários engraçados sobre o curso ou sugerindo *links* para *sites* de humor.

AO VIVO NA INTERNET: UM ESTUDO CIENTÍFICO

O humor funciona como estratégia educativa, e não só entre as crianças. Mark Shatz e seus colegas Frank LoSchiavo e Matt Coleman acabam de terminar o primeiro estudo avaliando a eficácia do humor ao ser integrado a um curso universitário *online*. Os alunos que faziam um curso de Introdução à Psicologia aditivado por recursos humorísticos – comparados com alunos fazendo o mesmo curso de forma tradicional – viam as aulas como sendo mais interessantes e interagiam muito mais. Os exemplos a seguir foram usados nesse contexto *online*, e referem-se a este curso de psicologia, mas ilustram o potencial amplo do humor como estratégia educativa.

Os módulos das aulas continham um apanhado de questões fictícias baseadas em jogos de palavras.

DEFINIÇÕES

Esquizofrênico: indivíduo obcecado com o uso de esquis.

Patológico: uma ave extremamente racional.

Reforço negativo: quando seu time contrata um jogador ruim de bola.

MEDICAMENTOS

Narcótico: substância que induz ao sono, encontrada em farmácias e mesas-redondas de futebol.

Psicotrópicos: drogas que provocam alucinações onde se imagina estar em países quentes.

Relaxante: remédio cujo nome é um pleonasmo, pois todo laxante tem efeito mesmo é pela ré.

LIVROS

Rastreando pessoas, localizando espiões e demais usos práticos das desordens paranoicas

Superlotação: a vida interna de alguém com múltiplas personalidades.

Ao final de cada unidade entravam itens humorísticos apelando para o exagero.

PERGUNTAS QUE OS PSICÓLOGOS AINDA NÃO RESPONDERAM

Quem tem pressão alta nunca sofre de depressão?

Qual é a identidade secreta do Superego?

SONHOS DE PESSOAS FAMOSAS

Santos Dumont: sonhou que estava voando.

Lady Godiva: sonhou que estava nua no meio da rua e todos reparavam nela.

OS VERDADEIROS SINTOMAS DA OBESIDADE

O único número de telefone que você sabe de cor é o do Pizza Hut.

A frase que você mais diz é: "Quero o combo maior".

Entre as piadas triplas havia as seguintes:

Você provavelmente não vai se formar nesse curso: se pensa que conseguir os créditos necessários é tirar um empréstimo, que você vai ao banheiro para se matricular, ou fica bolado porque todos os diretores das faculdades são chamados de Heitor.

A hipnose possui várias aplicações práticas, porém pouco utilizadas, como treinar os homens para abaixarem a tampa da privada, conseguir superar o resultado de sua última prova, e convencer seus pais de que agora os cursos de qualquer universidade duram oito anos.

É HORA DO ESPETÁCULO

Os passos necessários para a criação do humor didático são os mesmos da redação de qualquer outro tipo de piada. Vamos escrever uma piada com a proposta *O que tirava Freud do sério.*

Comece fazendo uma lista de coisas que são associadas habitualmente à figura de Freud: o divã, a técnica da livre associação de palavras, a noção de que os traumas emocionais estão ligados aos pais. Em seguida, identifique o que seria o contrário do uso habitual atribuído a cada coisa: um paciente que, ao deitar no divã, se sentisse estimulado a dormir ao invés de falar, por exemplo. Crie jogos de palavras, recorrendo a outros sentidos, combinando associações e dissociações. Use também o recurso do exagero, além de reformular frases chavões. O resultado pode ser uma piada tripla como esta:

> Coisas que tiravam Sigmund Freud do sério: pacientes que aproveitavam o seu divã para tirar uma sonequinha; pacientes que, ao serem estimulados a praticarem a livre associação, passaram a transar com todo mundo; e pacientes que, ao ser abordado o Complexo de Édipo, reagiam com "Não bota a minha mãe no meio que eu boto no meio da sua".

Esta piada não é de rolar de rir, mas preenche os critérios necessários para um humor didático producente: tem a ver com as questões sendo discutidas nas aulas, evita ofender determinados grupos ou pessoas, e realça três pontos ligados ao exercício dessa profissão.

Agora é a sua vez. Escolha um curso com o qual você tenha alguma familiaridade e crie uma série de piadas que poderiam ter relação com as suas matérias e que poderiam ser usados com alunos nas salas de aula desse curso.

CAPÍTULO 19
E agora para terminar...

> Todos têm direito à minha opinião!
>
> **– Victor Borge**

Qualquer pessoa inteligente pode aprender a fazer humor, fazer disto seu ofício e até produzir coisas humorísticas. O problema é que no mundo comercial não há pagamento para os segundos colocados. No humor, ser bom não basta. Somente uma pequena porcentagem daqueles que exercem o humor passam a ser humoristas profissionais, mas isto é o que ocorre em muitas profissões. Sendo seu valor medido pela sua piada mais recente, existe muita insegurança na redação de comédia... e muita rotatividade. Há quatro maneiras pelas quais você poderá aumentar as suas chances de ser um redator profissional de humor bem-sucedido.

1. TRABALHE EM EQUIPE

Sempre que possível, crie junto com um parceiro. Apesar das dificuldades envolvidas na combinação de horários de trabalho, equipes de dois ou três redatores dão um gás na inspiração um do outro, testando e refinando as ideias de cada um. "Adoro trabalhar com outros redatores", escreveu o humorista Phil Lasker. "Aprendi a apreciar o fato de me rodear de talentos. Outras pessoas podem contribuir com desfechos ou diálogos melhores que os seus. É preciso ouvir aqueles que você respeita, e é também divertido perceber que grandes redatores possam estar te ouvindo".

Como observou Eric Idle, membro do sexteto humorístico Monty Python:

> Fazer com que seis sujeitos concordem sobre o que seja engraçado é fácil. Lemos os tex-

tos em voz alta. Se rimos, está dentro; se não rimos, está fora. Se quatro acham uma coisa engraçada e dois não acham, resolvemos isto de maneira simples: levamos os dois para fora e matamos.

Um aluno pode argumentar comigo que as comédias mais engraçadas foram criadas por uma só pessoa, como Charlie Chaplin ou Neil Simon. Bem, se você for tão bom quanto Chaplin ou Simon, também poderá se virar sozinho!

2. CONTRATE UM AGENTE OU EMPRESÁRIO

A questão dos agentes é um exemplo de círculo vicioso. Os grandes empresários não trabalham com humoristas desconhecidos, e os humoristas não conseguem se tornar conhecidos sem um empresário. Existem muitas exceções, porém, e sua tarefa é encontrá-las. Abe Burrows, dramaturgo, disse que pensava em seu agente como a sua família. Quando Burrows pagava 10% a seu agente, não pensava nisto como uma comissão, mas como mandar dinheiro para casa para cuidar de sua mãe.

Procure descobrir, na internet ou conversando com humoristas estabelecidos, indicações de agentes e empresários na sua região. Só não deixe eles tomando conta de sua carteira, enquanto você se apresenta no palco.

3. TESTE, TESTE, TESTE

O humor não pode ser testado num vácuo. Precisa de uma plateia e esta precisa ser uma plateia receptiva ao humor. Se não encontrar uma plateia, tente umas duas piadas com outro humorista profissional, seja ele redator ou comediante. Mas não chegue para um estranho perguntando "O que acha disso"? A única coisa pior do que isso é testar suas piadas com seus amigos, seu cônjuge, seus pais ou seus filhos. Estes são muito subjetivos, muito críticos e – ao invés de relaxarem e aproveitarem o humor – tendem a se tornar pseudoanalistas.

Existe um bocado de empregos que são mais apavorantes do que fazer comédia ao vivo. Como estar de pé numa sala de cirurgia quando o coração de alguém para e você é o sujeito que precisa consertá-lo.

– Jon Stewart

Apenas uma em cada dez piadas acaba funcionando de primeira. E não há piada que agrade a todas as pessoas da plateia. Isto é algo impossível. Conseguir risadas de metade da plateia é sair-se muito bem.

Se estiver criando material para discursos ou palestras, insira trinta segundos de material novo no início de um texto já testado e aprovado. Os primeiros trinta segundos são os mais difíceis, pois é quando a plateia está mais cética, mas se um material novo cair bem numa hora dessas, saberá que é coisa de valor.

Piadas são como balas de metralhadora. Nem todas acertam o alvo, mas se atirar bastante na direção da plateia acabará matando-os de rir. Marque um ponto para uma risadinha, dois pontos para uma gargalhada e três pontos para aplausos. Se uma piada não marcar pontos depois de ser testada pelo menos três vezes, descarte-a. Se receber apenas um ponto, experimente reescrevê-la, de modo que sua pontuação sempre esteja aumentando. Não se apaixone pelo seu próprio material e não culpe o apresentador ou o público pelos seus erros. Depois de experimentar o suor frio do medo do fracasso, nunca mais escreverá material ruim para um cliente.

Se consigo gargalhadas, sou um comediante. Se consigo risos, sou um humorista. Se não consigo risos nem gargalhadas, sou um cantor.

– George Burns

4. ESCREVA, ESCREVA, ESCREVA

A redação de humor é um emprego no qual se trabalha 24 horas por dia, porque ideias novas podem aparecer na sua cabeça a qualquer hora, em qualquer lugar. Algumas pessoas sentem que o humor pode ser concebido mesmo quando sonham, então mantenha sempre um bloco ao lado de sua cama.

Quando tiver dominado as técnicas básicas, não deixe que ninguém o convença a mudar o seu jeito de escrever. Os estilos humorísticos mudam com cada geração e, enquanto as fórmulas raramente variam, os temas padrões, os formatos, os modismos e as caracterizações estão sendo constantemente desafiados. Novas ideias são o sangue vital da comédia, assim como em vários outros negócios. E a maioria das ideias novas leva ao menos alguns anos para germinar.

Existem dois outros elementos essenciais para o sucesso da comédia: sorte e perseverança. Há quem alegue que ambas caminham juntas, que as pessoas de mais sorte são aquelas que dão mais duro. Em todo caso, você deve ser seu próprio divulgador. Isto exige uma confiança em sua própria capacidade e em seu próprio material. Esse ramo de negócio é tão competitivo que redatores retraídos raramente chegam lá. Tenha a confiança de vender você mesmo algumas folhas de papel cobertas de piadas... sem gaguejar.

Agora é ir à luta

Além de sorte e perseverança, seu sucesso como redator de humor depende de suas capacidades de:

1. OBSERVAÇÃO. Esteja atento para os absurdos da vida. Repare nas ações físicas que levam um sorriso aos lábios das pessoas.

2. LEITURA. Se ler algo engraçado, anote. Repare na sua construção. Continue aumentando seu arquivo de piadas.

3. OUVIR. Tente lembrar de como as pessoas dispõem as coisas em frases, aquilo que Mel Brooks chama de "o ritmo da fala humana". Coisas que funcionam no papel às vezes não funcionam ao serem representadas. Não falamos por frases completas, muitas vezes pulamos palavras e quase sempre usamos contrações.

4. FALAR. Faça o seu próprio *stand-up*. Não hesite em apresentar seu próprio material em encontros, festas entre amigos ou para os convidados de um jantar. Observe as diferenças entre as plateias, as diferenças entre suas apresentações, e quão importante é ter o material certo para o público certo.

É HORA DO ESPETÁCULO

Desenvolva a sua imaginação humorística com estes exercícios de alto impacto.

Crie...

- uma carta para a Receita Federal, reclamando por não poder deduzir do seu Imposto de Renda alguma despesa absurda
- um manual de instruções para um produto de higiene comum (cotonetes, pasta de dente etc.)
- uma carta de solicitação de emprego em profissões inusitadas (proctologista, agente funerário)
- uma mensagem de *e-mail*, notificando que não poderá responder de imediato
- uma lista com as dez coisas que mais o incomodam
- uma grade de programação para uma nova emissora de tv por assinatura
- previsões do tempo
- obituários para animais atropelados em estradas
- um guia de turismo para a sua rua ou o seu bairro
- um testamento, uma apólice de seguros ou uma notificação de recusa de crédito
- uma cena de filme mudo
- críticas para filmes, peças ou espetáculos musicais
- uma série de manchetes falsas
- um texto de propaganda, enaltecendo as qualidades de um modelo fictício de automóvel
- um conto narrando sua pior experiência com o sexo oposto
- discursos enaltecendo você mesmo, membros de sua família e seus animais de estimação
- um conto sobre um peru que fica bêbado por ocasião do Natal
- um conto de fadas com animais nitidamente insanos
- um poema ou letra de canção
- uma guia para os pais aprenderem a cuidar de bebês

- normas de comportamento e de figurino para o seu local de trabalho
- nomes interessantes para *sites* na internet
- uma série de legendas para fotografias antigas de sua família
- cartas para empresas que fabricavam aparelhos que não são usados mais – como o fax e a enceradeira – sugerindo novos usos para os mesmos.

Todos estes textos devem ser elaborados de maneira engraçada.

APÊNDICE

APÊNDICE
Glossário

AFORISMOS: Expressões concisas que contêm uma verdade ou sabedoria popular.

ARREMATE: Técnica que começa com uma interpretação comum de um chavão que, em seguida, é arrematada por uma referência bizarra. O arremate implica em algo que não é colocado explicitamente, fazendo com que o seu sentido seja o oposto do que seria literalmente.

ASSOCIAÇÕES: Técnica de redação criativa usada para descobrir o humor em relações inesperadas e que resultem em piadas com jogos de palavras.

ATENUAÇÃO: Recurso cômico no qual o humorista faz uso de sutilezas ou demonstra uma falta de ênfase nas expressões.

***BRAINSTORMING*:** Uma estratégia na redação de humor que envolve considerar todas as ideias que surgem numa conversa.

BURRADA: Tática que os humoristas usam, de propósito ou acidentalmente, que envolve cometer erros ortográficos e gramaticais.

DISPARATE: Algo dito de forma inocente ou com as melhores das intenções por uma pessoa ignorante e que acaba soando como um absurdo.

DUPLO SENTIDO: Uma palavra ou frase ambígua que pode ter mais de um significado, ou ser interpretado de duas ou mais maneiras.

EMENDADA: Tática humorística que envolve uma série de *punchlines*, cada uma ligada à anterior, usada especialmente quando a plateia está embalada.

EMPARELHAMENTO: No formato de frases, sentenças, palavras ou estatísticas agrupadas duas a duas, este recurso humorístico tem uma estrutura simples, acasalada, que é repetida astutamente revertendo a sua ordem ao final.

ENTREGAR A PIADA: Isto ocorre quando um iniciante faz uma introdução detalhada demais para uma história, fazendo com que essa preparação seja tão óbvia que a plateia pode antecipar o final da piada.

EXAGERO: Recurso humorístico, utilizado em conjunção com o realismo, para distorcer as coisas a um ponto em que se tornam absurdas.

FÓRMULA DA PAPINHA: Jogo de palavras com a sigla que denota as três partes da maioria das apresentações humorísticas: preparação, antecipação e *punchline*.

FÓRMULA DO TRÊS: Composta pelos seis ingredientes essenciais para o humor: alvo, hostilidade, realismo, exagero, emoção e surpresa.*

HIPÉRBOLE: Recurso humorístico que aumenta os fatos e ações ou carrega nas cores para produzir um humor exagerado.

HUMOR OBSERVACIONAL: Um tipo de humor no qual o humorista foca sobre um pensamento lógico ou uma ação realista, com o intuito de destruí-lo.

IRONIA: O uso de afirmações sarcásticas que geralmente querem dizer o oposto do que está sendo dito.

* N.T.: No original, *target, hostility, realism, exaggeration, emotion* e *surprise*, formando assim, em inglês, a sigla THREES, ou seja, TRÊS... embora sejam seis.

JOGO DE PALAVRAS: Variações sobre expressões comuns, como chavões, metáforas e frases feitas, ou modificações na ordem comum de se pronunciar ou escrever palavras de modo a produzir resultados humorísticos.

MAP: Uma sigla - formando a palavra "mapa" em inglês - representando o material, o apresentador e o público. Esta teoria postula que o material deve se adequar à persona do redator ou do apresentador e aos interesses do público.

MÁSCARAS DO HUMOR: Caracterizações humorísticas que podem ser utilizadas para incrementar a comédia.

***NON SEQUITUR*:** Uma declaração ilógica que se torna engraçada ao justapor dois elementos.

OXÍMORO: Uma forma de duplo sentido incongruente que junta de maneira engraçada dois termos que se contradizem.

PÉ DA LETRA: Tática humorística que pega o sentido explícito de uma palavra-chave e o interpreta de forma literal.

PIADA RECORRENTE: Uma frase ou expressão que aparece no início de um monólogo ou programa e que depois é repetida em forma de piadas espalhadas por todo o restante do texto ou roteiro.

***PUNCHLINE*:** A frase que é o desfecho da piada, e, quando a piada funciona, aquela que provoca os risos.

REALISMO: Um recurso da comédia, utilizado em conjunção com o exagero, cuja intenção é declarar algo verdadeiro ou aceitável.

REC: Sigla representando os três critérios que determinam se uma premissa prepara adequadamente o terreno para o desfecho da piada: realidade, emoção e clareza.

REFORMULAÇÃO: Tática humorística que altera ou a ordem das palavras de um chavão ou a grafia de palavras, substituindo-as por homônimos ou variações cuja pronúncia seja semelhante.

REVERSÃO: Recurso humorístico que acrescenta uma frase final contraditória à frase de abertura de um chavão, alterando assim o seu ponto de vista.

SALVA-VIDAS: Frase a que o humorista recorre para dar a volta por cima, quando uma piada naufraga.

SÁTIRA: Uma forma de humor na qual o comediante ridiculariza os hábitos de outra pessoa, principalmente aquelas em posição de destaque político ou social.

***STAND-UP*:** Estilo de comédia em que o humorista se apresenta em pé, geralmente num palco ou diante de um microfone, fazendo uso de monólogos ou conversando com a plateia.

SURPRESA: Teoria da comédia, sugerindo que que nós rimos do inesperado e para ocultar o nosso próprio embaraço.

TEORIA DA AMBIVALÊNCIA: Teoria da comédia que enfatiza emoções conflitantes, tais como amor e ódio, em relação a uma pessoa, objeto ou ideia.

TEORIA DA CATARSE: Teoria da comédia que enfatiza ser o riso um evento planejado, uma redução voluntária do estresse, ativado por um esforço consciente, buscando dissipar as tensões e as inibições da vida.

TEORIA DA CONFIGURAÇÃO: Teoria da comédia estipulando que nós rimos quando elementos desconjuntados se encaixam, como quando, por exemplo, solucionamos um mistério ou entendemos uma charada.

TEORIA DA INCONGRUÊNCIA: Teoria da comédia, que enfatiza o emparelhamento de ações ou pensamentos de maneira lógica, porém fora do comum.

TEORIA DA SUPERIORIDADE: Teoria da comédia que envolve nos compararmos aos que consideramos inferiores, ridicularizando sua inteligência, sua posição social e suas deficiências físicas.

TEORIA DO ELÁSTICO: Teoria comparando o humor a um elástico: quanto mais puder ser esticado, mais útil se torna.

TEORIA EVOLUCIONÁRIA: Teoria da comédia enfatizando que o riso é um instinto.

TEORIA PSICANALÍTICA: Teoria da comédia apresentada por Freud, estipulando que o humor é terapêutico e permite que as pessoas expressem tendências inibidas, talvez infantis, de uma maneira socialmente aceitável.

TRIPLOS: Recurso cômico usado para construir uma tensão pelo uso de um agrupamento de três exemplos ou uma sequência de três ações, comentários ou categorizações.

Este livro foi composto nas tipologias Minion Pro,
SF Slapstick Comic Shaded, Bookman Old Style, Calibri e Frutiger
em corpo 11/13,2, e impresso pela Gráfica Smart Printer,
em papel offset 75g/m^2 e a capa em papel cartão supremo 250g/m^2.